AF543690

Petra Schwarzkopf

Detektei Anton – Ausgerechnet Bananen

Band 1

Für Jörg, den weltbesten Borussen-Fan,
und seine fantastische Mutter,
die sich Gott sei Dank bester Gesundheit erfreut.
Schön, dass es Euch gibt!

PETRA SCHWARZKOPF

DETEKTEI ANTON

1

Ausgerechnet Bananen

DETEKTEI Anton

Petra Schwarzkopf
Detektei Anton – Ausgerechnet Bananen
Band 1

Best.-Nr. 271720
ISBN 978-3-86353-720-3
Christliche Verlagsgesellschaft Dillenburg

Es wurde folgende Bibelübersetzung verwendet:
Schlachter-Übersetzung – Version 2000
© 2000 Genfer Bibelgesellschaft

2. Auflage 2024
© 2021 Christliche Verlagsgesellschaft Dillenburg
www.cv-dillenburg.de

Satz und Umschlaggestaltung:
Christliche Verlagsgesellschaft Dillenburg
Bildquellen: © Saskia Klingelhöfer (Covermotiv), freepik.com (Holzschild Innenteil), freepik.com/macrovector (Fingerabdruck)

Druck: GGP Media GmbH, Pößneck
Printed in Germany

Wenn Sie Rechtschreib- oder Zeichensetzungsfehler entdeckt haben, können Sie uns gern kontaktieren: info@cv-dillenburg.de

INHALT

LANG UND WEILIG

Ich heiße Rahel und bin 13 Jahre alt. Ja, ich weiß, dass der Anfang einer Story niemals so langweilig sein sollte, nicht einmal in einem Tagebuch. Aber das hier ist auch keine Story, sondern die Realität. In diesem Dorf, in das sie mich gezwungen haben, ist einfach nichts los, und meinen Namen habe ich mir auch nicht selbst ausgesucht. Meine Eltern sind schuld an beidem. Wer nennt sein Kind schon Rahel?! Das klingt ja, als ob man gähnt. Raahhääähl! Die 13 passt dazu. Ich bin zwar nicht abergläubisch, aber die 13 ist eine von diesen doofen Primzahlen. Primzahlen sind genauso langweilig wie die Eifel. Man kann sie nur durch eins und sich selbst teilen. Hier in Brehl bist du selbst auch schon das Spannendste, was dir über den Weg läuft … außer meiner verrückten Familie. Die ist irgendwie schräg. Wenn ich hierbleiben muss, werde ich eines Tages genauso verrückt sein.

„Boah, Manno!"

Während Rahel schrieb, versuchte sie gleichzeitig, sich die Ohren zuzuhalten. Das hat wenig Aussicht auf Erfolg, wenn man nicht mit drei Händen geboren ist. Das Mädchen stöhnte genervt und kramte in der Schreibtischschublade nach den Ohrstöpseln.

„Na endlich!“, sagte sie, als sie den Gehörschutz gefunden hatte. „Bah, sind die dreckig! Ich brauche dringend ein paar neue!“

Doch im nächsten Augenblick lachte Rahel trocken, weil ihr einfiel, dass der nächste Laden sechs Kilometer entfernt war und sie gar nicht wusste, ob man dort etwas so Ausgefallenes wie Ohrstöpsel bekam. Hier musste jeder Einkauf exakt geplant werden, am besten mit Liste. Seufzend nahm sie Omas Füller zur Hand und schrieb weiter.

Als komplett unmusikalischer Mensch bin ich als Tochter in dieser Familie sowieso eine glatte Fehlbesetzung. Mamas grässliche Gesangsübungen nerven genauso wie Brüderchens Klarinette. Wenn Silas übt, quäkt das Instrument so jämmerlich, als würde es um Hilfe schreien. Diese Ohrenfolter war in Dortmund schon ätzend genug, aber ab und zu schwiegen Mama und Silas wenigstens, weil sie die Mittagsruhe einhalten mussten. Hier, in Opas Haus, können sie rund um die Uhr üben, denn Nachbarn gibt es erst in über 100 Metern Entfernung. Außerdem kann man darauf wetten, dass Onkel Anton ausgerechnet in den Pausen seine BVB-Schlachtgesänge anstimmt. Mehr passiert nicht. Ich hoffe jeden Tag, dass Mama und Papa es sich noch anders überlegen. Opa zu besuchen ist ja ganz schön, aber hier wohnen will ich nicht. In der Schule haben die mich angeguckt, als sei ich eine Außerirdische, nur weil ich eine Schmickler bin. Eine aus der komischen Familie, die eine Freikirche besucht. In Brehl ist man katholisch oder verdächtig. In Dortmund war das anders. Den Stadtmenschen ist es egal, in welche Gemeinde du gehst. Es gibt interessantere Sachen. Hier dagegen ist es so langweilig, dass jeder Zugezogene eine Sensation ist, und Nordrhein-Westfalen gehört schon zum Ausland.

„Lalalalalaaang!“, klang es hell aus dem Wohnzimmer unter ihr.

„Weilig, weilig, weilig“, motzte Rahel vor sich hin.

Entschlossen stopfte sie die bunten Schaumstoffkeile noch tiefer in ihre Gehörgänge. Mamas Gesangsübungen klangen jetzt zwar wattiger, waren aber immer noch deutlich zu hören. Je höher Frau Schmickler sang, desto lauter wurde es. Als sie beim dreigestrichenen C angekommen war, stimmte Caruso mit ein und sang hingebungsvoll seinen Hundetenor dazu. Eigentlich war der Riesenschnauzer ein Bass, doch wenn Hannah Schmickler, die er über alles liebte, weil sie die Herrin über den Kühlschrank war, ihre Stimme trainierte, wechselte der Familienhund mühelos ins Tenorfach. Die Schnauze hoch in die Luft gereckt hockte er mit langem Hals und geschlossenen Augen jaulend auf dem Fußabtreter, als befände er sich auf der großen Bühne der Mailänder Scala und jenseits der Terrassentür lausche ein Millionenpublikum. Bei solch tierischer Bühnenpräsenz wäre selbst der echte Caruso neidisch geworden. Rahel schloss die Augen und schüttelte ihren Kopf so heftig, dass die hellbraunen Haare hin und her flogen. Nein, bei dieser Geräuschkulisse konnte sich kein Mensch konzentrieren! Doch in dem Moment, als sie ihr Tagebuch zuschlug, brachen unten die Tonleitern schlagartig ab, und der Hund fing an wie verrückt zu bellen. Rahel zog die Augenbrauen hoch. Da stimmte etwas nicht! Mama war noch lange nicht fertig mit Einsingen. Sofort nahm sie die Ohrstöpsel aus den Ohren.

„Mama?!", rief sie fragend.

Als keine Antwort kam, sprang sie auf und öffnete ihre Zimmertür. Ihre Mutter hatte fantastisch gute Ohren, und diese plötzliche Stummheit passte überhaupt nicht zu ihr.

„Mama, alles in Ordnung?!", rief sie deswegen etwas lauter ins Haus.

Nichts. Nur die alte Uhr im Flur tickte.

„Maamaa!", brüllte Rahel und lauschte nur noch für den Bruchteil einer Sekunde. Dann lief sie auf den Flur und mit großen Sprüngen die Treppe ins Erdgeschoss hinunter. Als sie um die letzte Ecke sauste, wäre sie fast in ihre Mutter hineingerannt, die in der geöffneten Wohnzimmertür stand. Sie hielt sich mit der einen Hand den Telefonhörer ans Ohr und mit der anderen den Zeigefinger vor den Mund. Rahel prallte zurück, als sei sie vor eine unsichtbare Wand gelaufen, und guckte verwirrt. Mama erklärte aber immer noch nichts, sondern zeigte mit ausgestrecktem Arm zur Schiebetür, die hinaus auf die Terrasse führte. Ihre Tochter folgte dem Arm mit den Augen. Dann riss sie dieselben so weit auf wie der „Überrascht-Smiley" im Smartphone, und ihr Unterkiefer fiel herab.

„Das gibt es doch nicht! Ein Einbrecher bei Passlacks, am helllichten Tag!", erschrak sie.

Genau gegenüber, ungefähr 100 Meter entfernt, machte sich jemand an einem Fenster der Nachbarn im Erdgeschoss zu schaffen und hatte es in diesem Moment aufgehebelt. Durch eine Lücke in der Hecke konnten sie alles genau beobachten.

„Ja, guten Tag, Schmickler hier", flüsterte ihre Mutter in den Hörer, obwohl der Einbrecher da draußen sie garantiert nicht hören konnte, „bei unseren Nachbarn wird gerade eingebrochen! Ruhe, Caruso!"

Rahel ging zu dem Hund und legte ihm die Hand auf den großen schwarzen Kopf. Sie fühlte kaum das harte und drahtige Fell unter ihren Fingern, da verstummte das Tier tatsächlich und ließ nur noch ein tiefes Knurren hören.

„Nein, Entschuldigung, ich habe nicht Sie gemeint. Nachtigallenweg 10, nur eine Person, soweit ich das sehen kann", hörte sie Mama sagen. „Rahel, komm da weg vom Fenster."

„Der ist doch schon drin im Haus", wehrte ihre Tochter ab, „der sieht mich doch gar nicht mehr!"

„Nein, soweit ich weiß, ist niemand der Bewohner im Haus. Sie sind zur Arbeit und zur Schule. ... Waldstraße 35. Hannah Schmickler. Ja, vielen Dank! Ja, ich bleibe dran. Bitte beeilen Sie sich!"

Frau Schmickler legte nicht auf, sah aber jetzt ihre Tochter an.

„Was hast du gesagt?!"

„Der Mann kann mich gar nicht mehr sehen. Er ist schon im Haus!"

„Aha."

Mama hockte sich neben Rahel und starrte auf das blaue Holzhaus der Familie Passlack.

„Woher weißt du, dass es ein Mann ist?", fragte Mama und strich sich eine erdbeerblonde Strähne aus dem Gesicht, die aus ihrem Dutt gerutscht war. Ihr Gesicht war vor Aufregung gerötet, was die vielen Sommersprossen blasser erscheinen ließ. Rahel registrierte es nebenbei. Sie zog die Stirn kraus.

„War es kein Mann?"

„Ich weiß nicht, aber wenn, dann war er so dünn wie eine Frau", meinte Frau Schmickler. „Hoffentlich kommt die Polizei gleich."

„Wie lange dauert das denn?", fragte Rahel und warf einen verstohlenen Blick auf Mama und ihre vollschlanken, mütterlichen Rundungen. Wie kam ausgerechnet sie darauf, dass es keine dicken Frauen gab?

„So sieben, acht Minuten wird es wohl dauern", seufzte ihre Mutter und hievte sich leise stöhnend wieder in die Höhe. Dann sah sie zu Passlacks hinüber. In Wirklichkeit hatte sie keine Ahnung, wie viel die Polizei hier auf dem Land zu tun hatte und ob es mehr als einen Streifenwagen für den Landkreis gab. Paul, ihr Mann, hätte es bestimmt gewusst. Aber er war nicht zu Hause. Rahel sah auf ihre Armbanduhr. Zehn vor zehn. Die nächste Polizeiwache lag eine gute Autoviertelstunde entfernt. Ihr Schulweg führte daran vorbei.

„Wie fühlst du dich?", fragte ihre Mutter, ohne das Nachbarhaus aus den Augen zu lassen. Sie legte die Hand über das untere Ende des Telefonhörers.

„Besser. Die Kopfschmerzen sind weg, und die Halsschmerzen nicht mehr ganz so schlimm.“

Hannah Schmickler nickte und unterdrückte das Bedürfnis, ihrer Tochter über den Kopf zu streichen.

„Es hilft bestimmt kolossal, dass du gestern und heute nicht zur Schule musstest, oder?“, sagte sie stattdessen und schmunzelte. Bald würde sie zu Rahel aufsehen müssen. Ihre Tochter war bereits einen Zentimeter größer als sie.

„Vielleicht“, gab Rahel zu.

Sie genoss jede Minute, in der sie Mama für sich hatte, außer wenn Mama so einen Krach wie gerade eben machte. Aber sie war alt genug, um zu wissen, dass das zu Mamas Beruf gehörte wie das Lauftraining für einen Profifußballer.

„Morgen kann ich aber wieder gehen“, erklärte sie bereitwillig.

Caruso fing an zu winseln und schaute abwechselnd zwischen Rahel und ihrer Mutter hin und her. Das Mädchen streichelte Carusos Schlappohren. Dann tätschelte sie ihm den Rücken. Von ferne hörten sie kurz das Quäken einer Polizeisirene, dann war es wieder still. Caruso ließ sich seufzend auf dem Fußabtreter nieder und legte den Kopf auf seine Pfoten.

„Sie haben die Sirene ausgemacht, um den Einbrecher nicht zu warnen“, vermutete Frau Schmickler. Rahel nickte. „Sie sind bestimmt gleich hier.“

Tatsächlich! Schon rollte langsam und fast geräuschlos ein blau-weißer VW Passat auf den Nachtigallenweg zu. *Wir suchen Dich!*, stand als Werbeslogan für den Polizeinachwuchs an der Seite. Rahel grinste. Wie passend! Sie hatte einen Sinn für Details, und diesen Spruch konnte man durchaus auch noch anders verstehen.

„Ja, hallo? Nein, weder nach vorne noch an der Straßenseite oder hinten ist jemand aus dem Hause gekommen. Aber die andere Seite, zum Nachbargarten hin, kann ich nicht sehen.“

Offensichtlich sprach Mama wieder mit der Polizei. Jetzt legte sie endlich auf. Das Polizeiauto hielt auf der Wendefläche neben dem Nachbarhaus. Fast gleichzeitig stiegen eine Polizistin und ihr Kollege aus dem Wagen. Erst standen sie kurz abwartend da, als lauschten sie auf einen Befehl, dann gingen sie langsam auf das freistehende Holzhaus zu. Rahel hielt die Luft an, als die beiden Beamten ihre Waffen zogen.

„Endlich! Glaubst du, der ist da noch drin?", fragte sie und flüsterte jetzt selbst. „Oder ist er durch die Tür hinten?"

Frau Schmickler knetete ihre kalten Finger. Die Flügel ihrer blassen Stupsnase zitterten leicht.

„Das hat die Polizei auch gerade gefragt, aber ich weiß es nicht."

Jetzt war der eine Beamte komplett hinter dem Haus verschwunden. Seine Kollegin schaute gerade vorsichtig in Passlacks Küche. Dann ging sie weiter und fand das beschädigte, aber wieder geschlossene Fenster an der Seite. Rahel reckte den Kopf, aber trotzdem konnte sie nicht durch die Wände gucken.

„Hoffentlich ist von denen wirklich keiner zu Hause", sagte sie.

„Sie müssten alle weg sein. Moritz ist mit Silas zum Schulbus gegangen, und Herr Passlack kurz darauf mit dem Auto weggefahren. Xenia kommt immer erst um 13:30 Uhr zurück."

Rahels Miene versteinerte sich.

„Duzt du dich mit der etwa schon?!", fragte sie und konnte den Vorwurf in ihrer Stimme nicht ganz unterdrücken. Ihre Mutter antwortete nicht sofort. Die Polizistin war jetzt vor dem Haus entlang gegangen und hinten mit ihrem Kollegen zusammengetroffen. Sie hörten sie etwas rufen, konnten aber die Worte nicht verstehen.

„Ich weiß, dass du mit dem Umzug nicht einverstanden warst", sagte Frau Schmickler dann. „Aber Opa und Anton brauchten Hilfe, und Papa und ich sind der Meinung, dass es so für uns alle das Beste …"

„Ja, ja, schon gut", wehrte Rahel ab und verschränkte die Arme vor der Brust, „ich kenne alle eure Argumente!"

„Je eher du dich damit abfindest, desto einfacher lebst du dich hier ein", erklärte Frau Schmickler.

Ihre Tochter presste die Lippen aufeinander und starrte stumm auf das Nachbarhaus. Es hatte keinen Zweck, mit Mama alles noch einmal von vorne durchzukauen. Sie waren hier, das war nicht zu ändern. Hier in Brehl, wo nicht mal jede Stunde ein Bus fuhr. Brehl, das ganze 1026 Einwohner hatte, aber keinen Bahnhof, kein Kino und keine Shoppingmöglichkeit, wenn man den Bäcker und den Wochenmarkt nicht mitrechnete. Strenggenommen war Brehl kein Dorf, sondern einer der fünf Teile des kleinen Städtchens Burgenach. Aber das machte die Sache auch nicht besser, es lag nun einmal 140 Kilometer entfernt von ihren alten Freundinnen und ihrem geliebten Schwimmbad. Rahel war sich nicht sicher, was sie mehr vermisste, die Mädels oder das Training im Schwimmbad!

„Immerhin gibt es hier ein Schwimmbad", sagte Mama, als hätte sie ihre Gedanken gelesen.

„Ja, klar, vielen Dank!", brauste ihre Tochter auf. „Ein altes Thermalbad zwischen Brehl und dem nächsten Dorf, in dem schon Opas Großmutter geschwommen ist." Rahel grinste spöttisch. „Bei einer Wassertiefe von höchstens einem Meter und achtzig hat das einzige Becken nicht mal Startblöcke."

Ihr heißgeliebtes Wasserspringen konnte sie vergessen!

„Besser als nichts", sagte Hannah Schmickler nur.

Sie verkniff sich eine erzieherische Bemerkung über die Tugend der Dankbarkeit und dass Schwimmen ohnehin gesünder war als Kunst- und Turmspringen.

Plötzlich schrie Rahel auf, und ihre Mutter zuckte erschrocken zusammen. Drüben bei Passlacks sprang eine dunkle

Gestalt vom Balkon. Der Einbrecher hatte abgewartet, bis beide Polizisten wieder an der Haustür waren, und dann die Flucht in die entgegengesetzte Richtung zum Wald hin angetreten. Obwohl er einige Meter herabgesprungen war, kam er mit den Füßen zuerst auf dem Rasen auf, rollte sich wie ein Turner ab und stand sofort wieder. Ohne zu zögern oder sich umzusehen, rannte er auf den an das Grundstück angrenzenden Wald zu, als gerade ein zweites Polizeiauto auf die Wendefläche rollte. Die Polizisten, die zuerst am Haus gewesen waren, hatten wohl etwas gehört. Sie sahen vorsichtig um die Ecke und begriffen sofort.

„Halt, stehenbleiben, Polizei!", rief der eine Beamte laut.

Aber der Flüchtige dachte nicht daran und lief weiter. Jetzt sprinteten die beiden Beamten zeitgleich los und nahmen die Verfolgung auf. Doch der Einbrecher hatte schon mehr als zehn Meter Vorsprung und war schneller. Scheinbar mühelos sprang er über Wurzeln und Büsche und verschwand unter den Bäumen. Die Polizisten blieben ihm immer noch auf den Fersen. Plötzlich aber zuckte der eine Beamte zurück und blieb stehen. Seine Kollegin lief an ihm vorbei in den Wald.

„Was hat er denn?", fragte Mama mit ihrer typisch besorgten Mamastimme. Es klang, als sei der Polizist auch eins ihrer Kinder.

„Ein Zweig hing so tief, dass er ihm ins Gesicht gefletscht ist. Wahrscheinlich hat er sein Auge getroffen", erklärte Rahel.

Auch die Beamten aus dem zweiten Wagen halfen jetzt bei der Jagd nach dem Einbrecher. Sie liefen aber etwas gebückt und wichen den tiefhängenden Zweigen aus.

„Das ist ja wie im Fernsehen!", meinte Rahel. „Was meinst du, schnappen die drei ihn?"

„Hoffentlich!"

Jetzt war nur noch der verletzte Polizist zu sehen. Er presste eine Hand auf das linke Auge und ging langsam zurück zum

Streifenwagen. Dabei sprach er in sein Funkgerät. Als er am Fahrzeug angekommen war, setzte er sich auf den Autositz. Ein paar Minuten später kehrten seine Kollegen zurück. Leider ohne den Einbrecher. Sie unterhielten sich kurz, und ein Polizist sah sich das Auge seines Kollegen an. Dann stiegen alle Beamten wieder in die Streifenwagen.

„Schade“, sagte Mama.

„Guter Sprung!“, sagte Rahel und nickte anerkennend.

NACHBARN

Es klingelte an der Haustür. Mama hatte ihre Gesangsübungen wieder aufgenommen und offenbar nichts gehört. Also ging Rahel die Treppe hinunter, um zu öffnen. Die Polizisten waren erst vor einer halben Stunde gegangen, nachdem sie zu Protokoll genommen hatten, was Frau Schmickler und Rahel beobachtet hatten. Das war nicht allzu viel gewesen, denn Rahel und ihre Mutter hatten weder das Gesicht des Einbrechers noch sonst irgendwelche Details der dunklen Kleidung erkennen können. Das lag daran, dass die Häuser in Brehl nicht so eng nebeneinander gebaut waren wie in der Stadt. Die Grundstücke auf dem dünn besiedelten Land waren einfach größer. In Rheinland-Pfalz, dem waldreichsten Bundesland mit nur vier Millionen Einwohnern, sowieso und in der Eifel erst recht. Rahel seufzte, als sie im Flur ankam. Vier Millionen! So viel hatte Berlin fast allein, und in Dortmund wohnten auch über eine halbe Million Menschen. Das hatte sie neulich für die Hausaufgaben recherchiert, als das Internet mal funktionierte, was leider nicht die Regel war. Rahel seufzte noch einmal. Dann öffnete sie die Haustür und starrte auf Herrn Passlack.

„Guten Tag! … Ich meine, entschuldige bitte die Störung, äh …?!“, stotterte ihr Nachbar.

Er hatte seinen Hut abgenommen und fuhr sich durch die Haare.

„Rahel“, sagte Rahel. „Guten Tag, Herr Passlack.“

„Rahel? Wer ist da, mit wem sprichst du?“, rief Mama aus dem Wohnzimmer.

Der Klavierdeckel klappte zu. Etwas lauter als üblich. Rahel konnte aus der Lautstärke des vertrauten Geräusches ziemlich gut Rückschlüsse auf Mamas Laune ziehen.

„Herr Passlack ist da“, rief sie schnell über ihre Schulter.

Mama kam aus dem Wohnzimmer und ging auf Herrn Passlack zu.

„Entschuldigen Sie, Herr Passlack, ich habe gar keine Klingel gehört. Kommen Sie doch herein“, forderte sie ihn auf. „Es tut mir so leid für Sie. Hoffentlich ist nichts Wertvolles zerstört oder gestohlen worden?“

Rahel öffnete die Tür weiter, und ihr Nachbar betrat den Hausflur. Nervös drehte er seinen Hut in den Händen.

„Nein, nein, alles Wesentliche ist an seinem Platz, und zerstört ist auch nichts, soweit ich das auf die Schnelle feststellen konnte.“

Herr Passlack schüttelte den Kopf. Rahel fiel auf, dass seine Stimme leicht zitterte.

„Nur das Fenster … und die Unordnung …“

„Na, Gott sei Dank!“, sagte Hannah Schmickler. „Was für ein Glück, dass Sie nicht zu Hause waren!“

„Ja, nicht auszudenken, wenn ich … oder Xenia … oder Moritz … Sie kommen erst in einer Stunde … normalerweise.“

Herr Passlack wurde noch eine Spur blasser. Rahel fühlte sich überflüssig, wusste aber nicht, ob sie jetzt einfach weggehen sollte oder ob das unhöflich war.

„Ich wollte mich bedanken, dass Sie die Polizei gerufen haben!", sagte der Nachbar.

„Das ist doch selbstverständlich! Als Nachbarn müssen wir doch zusammenhalten!"

Mama schaute Herrn Passlack freundlich an. Doch dessen Gesicht hatte einen gequälten Ausdruck angenommen. Er guckte, als hätte er Zahnschmerzen, das fiel nicht nur Rahel auf.

„Darf ich Ihnen einen Kaffee anbieten?", fragte Mama. „Sie sehen aus, als könnten Sie einen gebrauchen."

Herr Passlack nickte erleichtert und folgte Mama ins Wohnzimmer.

„Haben Sie Ihre Frau schon angerufen?", hörte Rahel Mama noch fragen, dann stieg sie die Stufen wieder hinauf und setzte sich vor ihr Tagebuch.

Die Stimmen im Wohnzimmer waren kaum noch zu hören. Sie sah auf ihre Uhr. Fast eins. Die Zeit war wie im Flug vergangen. Bald würde sie sich um ihre Hausaufgaben kümmern müssen. Rahel gähnte und schraubte den Füller wieder zu. Dann stand sie auf und legte sich kurzentschlossen aufs Bett. Erst im Liegen merkte sie, wie müde sie wirklich war. *Die Erkältung ist wohl doch noch nicht ganz vorbei*, dachte sie und nickte ein.

Dreißig Minuten später bellte Caruso sie aus ihren Träumen. Sie fuhr hoch und war sofort hellwach.

„Aus, Caruso!", befahl eine tiefe Männerstimme, und der Hund verstummte augenblicklich. „Sitz!", sagte dieselbe Stimme kurz und knapp. Dann folgte ein hohes, langgezogenes „Feiiiiin!"

Rahel lächelte. Sie streckte sich, stand auf und verließ ihr Zimmer. Unten saß Caruso brav an der Tür und klopfte mit seinem langen Schwanz auf den Boden.

„Hallo, Opa Peter!", grüßte sie den großen und kräftigen Mann, der gerade hereingekommen war.

Herr Schmickler Senior beugte sich zu dem Hund hinab, um ihm eine Belohnung zu geben. Nachdem er den Riesenschnauzer noch einmal getätschelt hatte, richtete er sich zu seiner vollen Größe auf. Sein Kopf reichte jetzt fast bis zum Türrahmen, und seine grün-grauen Augen leuchteten fröhlich hinter der eckigen dunklen Hornbrille. Er strich sich durch den dichten, kurzen Vollbart, der dieselbe grau-braune Farbe wie die vollen Augenbrauen hatte. Nur Opas Haare auf dem Kopf waren schon dünner geworden. *Wenn das und die grauen Strähnen nicht gewesen wären, sähe er noch genauso aus wie Papa,* dachte Rahel. *Na ja, fast. Oder wie Jürgen Klopp, der Fußballtrainer. Schade, dass der schon lange nicht mehr bei Dortmund war.*

„Hallo, Rahel, na, geht es dir besser?", fragte der Mann jetzt und schaute seine Enkelin an. „Ich hoffe, du hast genauso einen Appetit wie ich."

„Tatsächlich habe ich gerade geschlafen, als Caruso so bellte. Und da ich den ganzen Vormittag in meinem Zimmer verbracht habe und nicht im Wald wie du, hält sich mein Hunger in Grenzen. Ich weiß auch nicht, ob Mama überhaupt gekocht hat."

Rahel machte absichtlich eine Pause. Opa Peters Gesichtsausdruck zeigte deutlich, dass er es für ausgeschlossen hielt, dass seine Schwiegertochter nichts gekocht haben könnte.

„Nein?!", fragte er trotzdem.

„Bei unseren Nachbarn wurde nämlich eingebrochen!", verkündete Rahel triumphierend.

„Tatsächlich?! Bei wem?"

„Bei Passlacks, und Mama hat die Polizei gerufen."

„Na, sieh mal einer an!", murmelte Opa. „Ausgerechnet, wenn ich Holz mache."

Rahel beobachtete, wie Papas Vater seine Jacke und Schuhe auszog und in den Schmutzraum brachte, der direkt neben dem Eingang lag. Hier lagerte die Arbeitskleidung von Opa und Onkel Anton, die nach der Arbeit einen kleinen Holzhandel betrieben. Obwohl für Opa jetzt immer „nach der Arbeit" war, da er seit fast fünf Jahren in Rente oder besser in Pension war, wie das bei Polizeibeamten hieß. Er half nur noch ab und zu in der Diensthundeschule aus, wo er früher als Trainer gearbeitet hatte. Es gab sogar eine Dusche in dem Schmutzraum der Schmickler-Männer. Aber die brauchte Opa heute nicht.

„Wie viele Kollegen waren da?", fragte er.

„Vier. Eine Frau und drei Männer."

Rahel lächelte. Opa würde immer Polizist bleiben, und alle anderen Polizisten waren seine Kollegen, egal, ob er wirklich mit ihnen zusammengearbeitet hatte oder nicht.

„Und wenn ich das richtig höre, sitzt Herr Passlack immer noch bei Mama im Wohnzimmer. Er ist schon eine Dreiviertelstunde hier."

„Na fein. Danke, dass du mich auf den neusten Stand gebracht hast oder besser: für das Update, wie ihr sagt?"

„Die Info", grinste Rahel.

„Na, danke für die Info. Komm, wir schauen mal, ob wir deine Mama da loseisen können. Dann gibt's vielleicht doch noch was Leckeres."

Rahel lachte. Ihr Opa aß gern, obwohl man ihm das nicht ansah. Er war fast den ganzen Tag in der Natur, sei es beim Joggen mit Caruso oder bei der Arbeit im Wald. Da verbrauchte er genug Kalorien.

„Keine Angst. Ein Tag ohne Kochen kommt für Mama nicht infrage. Dafür macht es ihr viel zu viel Spaß. Bei uns gibt es nur Fast Food, wenn Mama krank oder auf Konzertreise ist."

„Weiß ich doch", sagte Opa und betrat das Wohnzimmer.

Herr Passlack sprang vom Sofa auf, als hätte ihn etwas gestochen.

„Herr Schmickler, guten Tag, ich wollte gerade gehen."

„Das ist nicht nötig, Herr Passlack. Sie stören nicht", beruhigte ihn Opa. „Rahel hat mir eben erzählt, was passiert ist. Geht es Ihnen und Ihrer Familie den Umständen entsprechend gut? Ich nehme an, Sie waren alle bei der Arbeit beziehungsweise in der Schule."

Aufmerksam sah er den Nachbarn an. Da Herr Passlack die Burgenacher Filiale einer mittelgroßen Supermarktkette leitete, war er nicht nur Opa Peter, sondern jedem in Brehl bekannt. Sein RHEKA-Markt lag direkt an der Bundesstraße. RHEKA stand für Rheinische Einkaufsgenossenschaft der Kolonialwarenhändler. Aber RHEKA war kürzer und passte besser auf die Lkws, die die Waren anlieferten. Herr Passlack nestelte an seinem Kragen und öffnete den obersten Knopf.

„Ja, danke, soweit ... ja, genau. Ich bin sofort losgefahren, als mich die Polizei benachrichtigte. Es wurde anscheinend nichts gestohlen, jedenfalls ist mir nichts aufgefallen. Die Polizei kam wohl rechtzeitig."

„Gut! – Hallo, Hannah!", sagte Opa und nickte seiner Schwiegertochter zu.

„Hallo, Paps!"

Rahels Mutter nickte zurück. Papas Vater nannte sie „Paps" und ihren eigenen „Papa". Sie lächelte und stand auf.

„Die allermeisten Einbrüche finden statt, wenn niemand zu Hause ist", erklärte Opa Herrn Passlack.

„Sie dürfen ruhig noch einmal Platz nehmen", lud auch Hannah Schmickler ihren Nachbarn ein. „Nur muss ich jetzt in die Küche und kochen. Nach der Aufregung brauche ich dringend etwas Entspannung."

„Sie finden Kochen entspannend?", fragte Herr Passlack überrascht und ließ sich zurück aufs Sofa plumpsen.

„Jaaa!" Frau Schmickler strahlte. „Ich bin Künstlerin, und auch Kochen kann Kunst sein. Dann macht es richtig Spaß.

Aber ehrlich gesagt esse ich auch gerne, und einer muss ja kochen."

Sie errötete leicht, als wäre es peinlich, was sie gesagt hatte.

„Wollen Sie zum Essen bleiben?", lud Herr Schmickler seinen Nachbarn ein.

„Nein, nein, danke. Ich muss gleich wieder rüber!"

„Wie lange war denn der Einbrecher im Haus?", fragte Opa, als Mama gegangen war, und setzte sich. Caruso ließ sich zu seinen Füßen nieder und schaute den Nachbarn mit seinen braunen Augen aufmerksam an. Herr Passlack zuckte die Schultern. Jetzt wurde sein Gesicht rot.

„Bis die Polizei kam, hat es gute zehn Minuten gedauert", sagte Rahel. „Dann sind sie erst ums Haus rum und wieder zurück, bevor er oder sie vom Balkon gesprungen ist."

„Um die üblichen Verstecke zu durchsuchen, reicht das eigentlich. Haben Sie etwas Wertvolles im Haus?"

Herr Passlack schüttelte eifrig den Kopf. Seine Stirn wurde feucht und glänzte vom Schweiß.

„Denken Sie, Ihre Kollegen kriegen den?", fragte er und holte ein Stofftaschentuch aus seiner Hosentasche.

„Das ist schwer zu sagen. Leider werden nur die wenigsten Wohnungseinbrüche aufgeklärt", bedauerte Opa. „Aber bestimmt wird hier in der Gegend für die nächste Zeit mehr Streife gefahren. Ich würde Ihnen empfehlen, sich von der Kriminalpolizei beraten zu lassen, wie Sie Ihr Haus besser sichern können. Es gibt da einige gute Maßnahmen, die sich für wenig Geld realisieren lassen."

„Vielen Dank für den Tipp! Das werde ich bestimmt tun."

Herr Passlack tupfte sich mit dem Taschentuch auf der Stirn herum. Als es erneut an der Haustür klingelte, sprang ihr Nachbar schon wieder auf. Er bestand darauf, jetzt zu gehen, und verabschiedete sich energisch von Opa. Dann hetzte er in den Flur und stieß fast mit seiner eigenen Frau zusammen, die Mama gerade hereingebeten hatte.

„Hier steckst du also!", entfuhr es Frau Passlack. „Und ich wundere mich, wo du bist! Da war so ein seltsamer Anruf gerade. Und wie es im Haus aussieht! Das reinste Chaos! Gut, dass er den Schmuck meiner Mutter nicht gefunden hat ..."

„Ein Anruf? Von wem?"

Herr Passlack zerrte schon wieder an seinem Kragen.

„Ach, irgendein Verrückter. Seinen Namen hat er nicht genannt, aber er sprach mit einem ausländischen Akzent ..."

Herr Passlack fasste sich an die Brust.

„Ich habe überhaupt nicht verstanden, was er von dir wollte."

„Von mir?!", keuchte ihr Mann.

„Ja, er fragte ausdrücklich nach Wolfgang Passlack. Wahrscheinlich irgendein Lieferant. Der meldet sich bestimmt noch mal. Ich habe ihm gesagt, er soll im Büro anrufen und nicht bei uns zu Hause! Wie gesagt, ich konnte ihn ganz schlecht verstehen. Woher hatte der überhaupt unsere Nummer?"

Empört sah Frau Passlack ihren Mann an, als sei er schuld an dem Anruf.

„Danke, Schatz."

Herr Passlack hustete, und seine Frau sah ihn komisch an.

„Alles in Ordnung, Herr Passlack?", fragte Rahels Mutter.

„Ja, ja, vielen Dank noch mal, Frau Schmickler! Herr Schmickler, wir müssen jetzt rüber und Ordnung machen. Moritz kommt gleich. Der Junge kriegt ja einen Schrecken, wenn wir nicht da sind und alles so herumliegt."

Ihr Nachbar hatte sich aufrecht hingestellt und zog sein Jackett glatt.

„Ja, natürlich. Wenn ich noch etwas helfen kann, sagen Sie ruhig Bescheid", sagte Opa und hielt den Passlacks die Tür auf. Als sie eilig über den Hof davoneilten, sah Rahel den beiden stirnrunzelnd hinterher.

„Ein seltsames Paar ist das!“, sagte sie zu Opa.

„Ach, Rahel“, ermahnte Opa Peter sie. „Sei nicht zu streng mit ihnen. So ein Einbruch kann einen ganz schön aufwühlen.“

„Ja, sicher“, gab sie zu. *Aber den Schmuck hatte Herr Passlack gar nicht erwähnt … von wegen nichts Wertvolles!*, überlegte sie.

Während Rahel den Tisch für das Mittagessen deckte, dachte sie über ihre Nachbarn nach. Herr Passlack war viel aufgeregter gewesen als seine Frau. Seltsam! Als Chef der großen RHEKA-Filiale im nächsten größeren Ort war er doch bestimmt Stress gewohnt. Seine Frau arbeitete als Arzthelferin nur vormittags. Der einzige Sohn, Moritz, war schon 15 Jahre alt und ging in die 10b am Matthias-Claudius-Gymnasium, das auch Rahel und ihr Bruder Silas besuchten.

„Hi, Schwesterherz!“

Ein kräftiger Schlag auf den Rücken riss sie aus ihren Gedanken.

„Wie oft soll ich dir noch sagen, dass das nicht lustig ist?“, fauchte sie ihren Bruder an.

„Sorry, wie geht's dir?“

„Besser.“

„Schön. Was gibt's?“

„Hähnchengeschnetzeltes mit Basmatireis, dazu gedünstete Erbsen und Möhren, zum Nachtisch Obstsalat!“, sagte Mama und stellte eine dampfende Schüssel auf den Tisch.

„Lecker!“

Silas strich sich über sein Bäuchlein. Er hatte dieselbe Figur wie Mama, die gleiche Haarfarbe und ihre Sommersprossen. Die kleine, leicht aufwärts gebogene Nase, die bei Mama süß aussah, verlieh seinem runden Jungengesicht allerdings etwas von Schweinchen Dick.

„Hände gewaschen?!"

„Mama, ich bin 14!"

Silas Stimme kiekste empört, obwohl er eigentlich schon aus dem Stimmbruch heraus war.

„Okay, okay! Dann kannst du ja auch das Tischgebet übernehmen."

Rahels Bruder stöhnte leise, kam aber der Aufforderung nach, als alles auf dem Tisch stand und sich alle gesetzt hatten. Während der Mahlzeit beschrieb Rahel den Einbruch und den Polizeieinsatz in allen Einzelheiten. Silas war zu beschäftigt mit Kauen, um Fragen zu stellen, und auch Opa hakte nur ab und zu nach. Als Rahel zu Ende erzählt hatte, kehrte Schweigen ein. Nur das Besteck klapperte. Das Fleisch war saftig, der Reis locker und das Gemüse knackig. Weil sie so viel erzählt hatte, war Rahel die Letzte, die ihren Teller leerkratzte.

„Hm, das war lecker ...", sagte sie schließlich und legte das Besteck aus der Hand. Sie griff nach dem Nachtisch und nahm einen Löffel voll.

„Huh!", sagte sie und sah ihre Mutter fragend an. „Das schmeckt ja scharf!"

„Ingwer!", sagte Hannah Schmickler. „Gut für die Abwehr. Außerdem passen scharf und süß gut zusammen. Um die Schärfe etwas abzumildern, habe ich einen Schuss Sahne dazugegeben. Du musst dich nur auf den Geschmack einlassen!"

„Okay", sagte Rahel, und tatsächlich schmeckte der Obstsalat gut und immer besser. Rahel aß langsam, Löffel für Löffel. So konnte sie die Zeit bis zu den Hausaufgaben noch etwas hinauszögern. Aber egal, wie lange sie den Nachtisch auch auskostete, schließlich würde sie sich doch an ihren Schreibtisch setzen müssen

.

Nachdem Silas den Tisch abgeräumt hatte, waren die Geschwister hoch in ihre Zimmer gegangen. Jeder beschäftigte sich allein mit den Hausaufgaben. Mathe und Geschichte waren schnell erledigt. Französisch hatte Rahel heute nicht auf. Englisch war schon schlimm genug. Anders als ihr Bruder, das Sprachgenie, verstand Rahel nicht, worum es in dem englischen Text überhaupt ging, der vor ihr lag. Dabei war das Thema eigentlich interessant. In der achten Klasse standen die Geschichte Amerikas und das Leben in den USA heute auf dem Lehrplan. Rahel schaute auf das Foto ihrer großen Schwester, das über ihrem Schreibtisch hing. Ob sie Tabea einfach die Seite abfotografierte und per WhatsApp schickte? Immer noch besser, als zu Silas rüberzugehen und ihn um Hilfe zu bitten. Rahel sah auf die Wanduhr. Was? 16 Uhr schon!? Na, wach musste Tabea jedenfalls sein. Auch in Amerika war es schon Tag, genauer gesagt, 9 Uhr morgens. Da waren die Medizinstudenten bestimmt schon aus dem Bett. Rahel nahm ihr Smartphone in die Hand und klickte auf die Kamera. Als sie den Hausaufgabentext abfotografiert hatte, fuhr ein roter Kleinbus der Caritas-Werkstätten auf den Hof. Caruso bellte, kurz darauf knallte die Haustür.

„Caruso, aus! Aus, Caruso! Borussia!“

Onkel Anton, Papas Bruder, war zurück von der Arbeit.

„Papa, Papa! Ha… hast du gesehen? Herr Schmitt hat seinen Vorgarten geändert!“, hörte sie ihren Onkel rufen.

„Ja?“, antwortete Opa seinem Sohn fast ebenso laut. „Was hat er denn gemacht, was hat er verändert?“

Rahel schickte den Text mit einem „Bitte, bitte“-Smiley per Klick zu ihrer Schwester. Dann verließ sie ihr Zimmer. Jetzt war es sowieso mit der Ruhe vorbei, und sie musste auf Tabeas Antwort warten. Kuchenduft zog von unten hinauf. Sie hob die Nase und folgte schnuppernd dem Duft in die Küche.

„Hi, Onkel Anton", sagte sie zu ihrem Onkel, als sie an ihm vorbeiging. Der Tisch war für ein Kaffeestündchen gedeckt. Mama hatte ihren Lieblingskuchen gebacken. Donauwellen. Einfach so.

„D... der hat den Buchs weggemacht. D... die ganze Hecke. D... da war der Zünsler drin, der Buchsbaumzünsler. Ganz voll war die, ganz voll. Haste gehört, Papa?"

Onkel Anton reagierte nicht auf Rahel Gruß. Das hatte sie auch nicht erwartet. Er war gerade zu aufgeregt.

„Haste gehört, Papa?", wiederholte er und sah seinem Vater forschend ins Gesicht.

„Ja", sagte Opa. „Zieh dich mal erst um."

„Jetzt ma... ma... macht der Bambus dahin."

„Aha!"

„Das würd ich nich machen, hat Herr Hammerschmidt gesagt. Der wuchert. Haste gehört, Papa? D... das gibt nen ganzen Wald. Da kannste dich drin verlaufen, hat Herr Hammerschmidt gesagt."

Onkel Anton ging in den Schmutzraum, um sich umzuziehen, und erzählte sich selbst noch einmal, was sein Chef in der Caritaswerkstatt erklärt hatte.

„Der Buchsbaumzünsler war da drin. Ganz voll war die. Aber Bambus würd ich nich machen."

Rahel rollte mit den Augen. Sehnsüchtig sah sie über den Hof auf Papas altes Elternhaus. Wenn die Renovierung nur endlich fertig wäre! Dann könnten Silas und sie wenigstens wieder bei Opa und Onkel Anton ausziehen und als Familie zusammen wohnen. Aber im Moment waren nur Papas Kanzleiräume, ein Elternschlafzimmer und ein kleines Bad fertig. Also würden der Buchsbaumzünsler und der Bambuswald sie wohl noch die nächsten Wochen oder Monate begleiten.

SCHULE

„Ich muss mal!"

Mit diesen Worten ließ Silas seine Schwester auf dem Flur stehen und wandte sich dem Jungenklo zu. Rahel schaute auf die Wanduhr, die sich direkt über der Tür befand, hinter der ihr Bruder soeben verschwunden war. 9 Uhr 35. Die Pause hatte gerade erst begonnen. Sie hatte trotzdem keine Lust, hier auf Silas zu warten. In zehn Minuten sollte sie zusammen mit ihrem Bruder und einem weiteren neuen Schüler bei Direktor Kocher erscheinen. Er wollte sie persönlich begrüßen und von ihnen wissen, wie sie sich in ihrem ersten Monat hier am Matthias-Claudius-Gymnasium eingelebt hatten. Anscheinend machte man das in der Provinz so. In ihrer alten Dortmunder Schule hatte sie zum Glück niemals ein Gespräch mit dem Direx gehabt. Nur zum Plaudern hatte der keinen zu sich bestellt, da blieb ihm bei 1200 Schülern auch gar keine Zeit, aber hier am Burgenacher Matthias-Claudius-Gymnasium waren sie nur knapp 600.

Obwohl sie wusste, worum es ging und dass der Anlass harmlos war, verspürte Rahel ein Grummeln im Bauch. Ihr Mund fühlte sich trocken an. Sie zog ihre Trinkflasche aus der Seitentasche ihres Schulrucksacks und setzte sie an die Lippen.

„Hi, bist du nicht Silas' Schwester?"

Eine tiefe Jungenstimme sprach sie plötzlich von hinten an. Rahel zuckte zusammen, verschluckte sich und fing an zu husten. Wasser rann ihr aus dem Mund und auf ihr neues T-Shirt, das sie extra für heute angezogen hatte. Na super! Ärgerlich drehte sie sich um und schaute auf einen schlanken Riesen mit gebogener, großer Nase. Sein langes schwarzes Haar trug er locker im Nacken zusammengebunden. Der große Junge starrte sie aus ungewöhnlich dunklen Augen an. Umrahmt von schwarzen, kräftigen Brauen lagen sie so tief in den Augenhöhlen, als wollten sie sich dort verstecken. Rahel hätte daher nicht sagen können, ob der Riese neugierig oder gleichgültig guckte. Die schwarzen Klamotten ließen ihn bleich aussehen. Daran änderte auch der große bunte Hamburger auf seinem Shirt nichts. Darunter stand der Spruch: *Buy me a burger with french fries*. Rahel registrierte dies alles, obwohl sie immer noch hustete.

„Musst du mich so erschrecken?", schimpfte sie, als sie wieder Luft bekam.

„Sorry. War keine Absicht. Reg dich ab, ist doch nur Wasser."

„Ach nee, du Schlauberger. Kannst du mir auch sagen, wie ich das wieder trocken kriege auf dem Weg zum Direktor?"

Der weiße Riese schüttelte den Kopf und zog ein angeschmutztes Papiertaschentuch aus der Hosentasche. Er hielt es Rahel entgegen.

„Bist du jetzt Silas' Schwester oder nicht?"

Selbst seine tiefe Stimme klang farblos.

„Nee, danke", sagte Rahel und ignorierte das eklige Taschentuch.

„Nicht?!"

„Wie? Doch, ja. Wieso? Ist was mit meinem Bruder?", fragte sie und zog den nassen Stoff mit spitzen Fingern von der Haut weg.

„Nee, nur so."

„Nur so?!"

Hier waren seltsame Exemplare der Spezies Mensch unterwegs.

„Ich bin Ronny, auch in der 9b wie dein Bruder."

Rahel antwortete nicht. Ihr Gehirn suchte fieberhaft nach einer Lösung für ihr T-Shirt. Ihr fiel der elektrische Händetrockner auf dem Mädchenklo ein. Vielleicht konnte sie sich irgendwie darunter klemmen und so das T-Shirt föhnen. Wo lag jetzt gleich das nächste Mädchenklo?

„Vergiss es", winkte Ronny ab.

„Schon geschehen."

Rahel sprintete nach links in den Gang, um zur Treppe zu kommen. Ronny starrte ihr kurz ausdruckslos hinterher, dann griff er nach der Türklinke. Es quietschte, als er die Tür aufstieß.

„Typisch Mädchen! Die aus der Stadt sind auch nicht weniger zickig …", murmelte Ronny vor sich hin. „Man kann nichts mit ihnen anfangen."

Der typische Geruch nach Eau de Klosett zog in seine Nase. Er störte sein Riechorgan nicht, es war Schlimmeres gewöhnt. Der Junge sah sich um. Eine Wasserspülung lief noch, aber es war keiner mehr da. Gut so. Erfahrungsgemäß war hier in der ersten Pause noch nicht viel los. Nur die Mädchen rannten dauernd aufs Klo. Er sah auf die Uhr, dann in den Spiegel.

„Okay, ich bin da! Wo bleibst du?", sagte er zu seinem schwarz-weißen Spiegelbild.

In diesem Moment flog die Tür auf.

„Hi!"

Ein gutaussehender Junge grüßte lässig. Er war groß, aber nicht so dürr wie Ronny, sondern eher drahtig. Seine neuen

Markenturnschuhe passten farblich perfekt zum teuren Pulli und dem Sportbeutel der gleichen Firma. Mit einer gekonnten Bewegung strich er sich ein paar blonde Haare aus der Stirn. Dann schenkte er seinem Gegenüber ein Werbelächeln. Perfekte Zähne blitzten zwischen den natürlich roten Lippen hervor und posierten strahlend schön wie Models auf dem Laufsteg. Ronny schloss schnell den Mund und verhüllte so den Drahtkäfig, in dem seine Beißerchen steckten. Der Modejournaljunge brauchte die Gefangenen hinter den Brackets nicht zu sehen.

„Hi, Moritz!", nuschelte er.

Moritz ging zum Fenster und schloss es. Er ließ seinen Blick einmal rasch durch die Jungentoilette wandern. Drei Türen waren angelehnt und eine geschlossen. Aber die Sichtfelder über den Schlössern waren alle auf grün oder was von der ursprünglichen Farbe übrig geblieben war. Ronny zuckte die Schultern.

„Hier ist keiner", meinte er.

„Hast du das Geld?", fragte Moritz.

Als Ronny nickte, wies er mit dem Kinn auf eine der offenen Toilettenkabinen. Die beiden Jungen gingen hinein und lehnten die Tür nur so weit an, dass sie den Eingang noch im Auge behalten konnten. Erst dann holte Moritz eine kleine, durchsichtige Tüte aus seinem Sportbeutel. Sie enthielt weißes Pulver. Ronny griff danach, aber Moritz zog den Beutel schnell zurück.

„Langsam! Erst das Geld."

„Ist das wirklich echter Stoff?", fragte Ronny.

„Natürlich! Hältst du mich für einen Idioten?"

„Nein, schon gut. Wie viel?"

„50, wie abgemacht."

Ronny fischte einen braunen Euro-Schein aus seiner Hosentasche.

„Ist das auch nicht strafbar?", fragte er.

„Quatsch! Ist doch nur für den Eigenbedarf!", grinste Moritz.

Ronny entging, dass die Stimme nicht mehr ganz so sicher klang wie gerade eben noch. Neugierig drückte er die kleine Tüte.

„Wie viel ist das genau?", hakte er nach.

Moritz verdrehte die Augen.

„Keine Ahnung, Mensch. Bohr nicht gleich ein Loch rein und lass dich vor allem nicht erwischen." Das Lächeln verschwand. Die Augen guckten unruhig. „Das ist feinster Stoff, kannst dich drauf verlassen. Ich mach das nicht zum ersten Mal, schließlich sitze ich an der Quelle."

Moritz schnürte seine Sporttasche zu und schlenderte ohne zu grüßen aus dem Raum. Die Tür fiel quietschend hinter ihm zu. Ronny starrte auf die Tüte, als warte er darauf, dass sie sich gleich in Luft auflöste.

„Sag nicht, das war Moritz Passlack aus der Zehnten!", sagte plötzlich eine Stimme direkt neben ihm.

Der bleiche Junge fuhr herum. Vor Schreck fiel ihm das Tütchen aus der Hand. Er sah hoch und blickte Silas Schmickler ins Gesicht, der aus der Toilettenkabine hervorgekommen war.

„Du hast uns belauscht!", sagte Ronny und schaute Silas an, als wäre er vor seinen Augen durch die Wand gekommen. Rasch bückte er sich und griff nach dem Corpus Delicti, damit es nicht länger wie auf dem Tablett vor Silas' Nase lag.

„Nein, ich war pinkeln. Aber wenn ihr eure Geschäfte hier auf dem Klo macht, kann ich wohl nichts dafür, wenn ich das mitkriege", entgegnete Silas und schluckte die Spucke herunter, die sich in seinem Mund angesammelt hatte, seit er sich gerade auf die Zunge gebissen hatte.

„Ach ja? Lässt du immer die Tür offen?"

„Nur wenn das Schloss kaputt ist."

Ronnys Gesicht bekam jetzt tatsächlich Farbe.

„Wenigstens hast du ein schlechtes Gewissen", deutete Silas die Röte auf Ronnys Wangen richtig.

„Und wenn schon ..."

Sein Klassenkamerad kniff die Lippen zusammen. Silas ging betont gleichgültig zum Waschbecken und drehte den Wasserhahn auf. Er drückte auf den Seifenspender, doch der war leer. Ronny stand immer noch unbeweglich hinter ihm. Er konnte ihn atmen hören. Silas schüttelte das Wasser von den Händen. Der Papierspender war auch leer und der Handtrockner kaputt. Er drückte vergeblich auf den Knopf und wischte sich dann die zitternden Hände kräftig an der Jeans ab.

„Du kannst es einfach zurückgeben", schlug er vor und registrierte überrascht, dass seine Stimme fest klang. Man konnte nicht hören, wie ihm zumute war.

Silas hatte sich zu Ronny umgedreht und sah ihm offen ins Gesicht. Doch der schwieg und wich seinem Blick aus.

„Oh, Mann, und ich dachte, hier auf dem Dorf wäre noch heile Welt", stöhnte Silas und wedelte die Hände durch die Luft, um sie ganz trocken zu kriegen.

Ronnys Gesicht entfärbte sich langsam. Der Anflug eines traurigen Lächelns erschien.

„Von welchem Stern kommst du?", fragte er.

Als Silas nichts antwortete, stellte Ronny sich neben ihn. Er drehte den Hahn auf und lies sich das kalte Wasser über die Handgelenke laufen.

„Nee, Mann, die Welt ist überall kaputt", schob er kaum hörbar hinterher und starrte in das Waschbecken.

Silas schluckte. Sein Herz pochte weiter laut, und in seinem Kopf schlugen die Gedanken Purzelbaum. Was sollte er auf so einen Satz noch sagen?

„Wenn du willst, gehe ich mit dir zusammen zu Moritz“, schlug er schließlich vor und konzentrierte sich damit auf Ronnys spezielles Problem statt auf den generellen Zustand der Welt.

„Echt?“, fragte Ronny.

Er schaute immer noch auf seine Hände, als frage er sich, ob sie ihm gehören.

„Echt!“, bestätigte Silas.

„Warum? Warum tust du das?“

Jetzt sah Ronny ihn nachdenklich von der Seite an. Silas zögerte. Ja, warum tat er das? Er hätte doch ohne Probleme hinter der Klotür warten können, bis Ronny ebenfalls den Tatort verlassen hatte. Warum mischte er sich bloß in Dinge ein, die ihn nichts angingen?

„Um ehrlich zu sein: Ich habe nicht richtig nachgedacht. Ich fände es einfach besser, wenn du dich nicht auf so etwas einlassen würdest“, gab er offen zu.

„Weil ich schon Probleme genug habe?“

„Nein, ich weiß gar nichts von deinen Problemen“, wehrte Silas ab. „Aber ich hatte die ganze Zeit das Gefühl, dass Moritz lügt“, sagte er langsam. „Seine Stimme klang unsicher. Der macht das nicht schon länger. Wer das so betont, was für ein Profi er ist … Vielleicht war das sogar sein erstes Mal.“

Sein Gegenüber schwieg.

„Mensch, Ronny, der wusste nicht mal, wie viel Gramm das sind. Von wegen Eigenbedarf! Du glaubst doch nicht im Ernst, dass 14-Jährige straffrei Hasch, oder was das da ist, besitzen dürfen.“

„Kokain“, sagte Ronny mechanisch und drehte endlich das Wasser ab. Er ließ die Hände auf dem Rand des Beckens liegen.

„Kokain?!“

„Ja, Koks. Kein Hasch."

„Dann halt Kokain. Denk doch mal nach. Wir dürfen nicht mal öffentlich normalen Tabak rauchen. Das ist ganz bestimmt nicht straffrei."

Silas war sich ganz sicher. Papa hatte oft genug die entsprechenden Paragraphen aus dem Jugendschutzgesetz zitiert, als sie noch in Dortmund wohnten.

Ronny nickte. Silas' Papa war Rechtsanwalt. Das hatte sich schon herumgesprochen. Er musste es wissen. Das Tütchen brannte auf einmal wie Feuer in seiner Hosentasche. Er hatte Mist gebaut, so viel stand fest. Aber warum wollte Silas ihm helfen? Sie kannten sich doch kaum.

„Moritz meinte, es hilft bei den Klassenarbeiten", erklärte er lahm.

„Glaub ich nicht. Drogen lösen keine Probleme, die machen nur noch mehr", zitierte Silas jetzt seine Mama. Aber das wusste sein Klassenkamerad zum Glück nicht.

„Du bist ganz schön schräg", sagte Ronny. Ein leichtes Grinsen erschien in seinem Gesicht.

„Schräg?!"

„Irgendwie anders halt."

„Wieso anders?"

„Weiß nicht, anders eben, das habe ich gleich gemerkt. Und du hast recht. Ich gebe es Moritz zurück. Weiß sowieso nicht, was ich damit machen soll. Ich war nur neugierig. Das Geld … kann er meinetwegen behalten."

„Wow! Finde ich gut."

Silas nickte. Er war selbst überrascht vom Erfolg seines Vorschlags und zögerte kurz. Dann wagte er sich noch weiter vor.

„Wenn du magst … hast du vielleicht Lust, mich morgen mal zu besuchen? Wir wohnen auf dem Schmickler-Hof, direkt am Waldrand. Moritz ist unser Nachbar."

„Klar, gerne!“, willigte Ronny direkt ein. Dann stieß er sich vom Waschbecken ab und wandte sich Richtung Ausgang. Er sah aus, als ob er es auf einmal eilig hätte.

„Ciao, Kumpel, muss jetzt das Zeug loswerden ...“, sagte er.

Silas schaute auf seine Armbanduhr. 9 Uhr 44 Uhr. Oh Mann! Er würde zu spät beim Direktor sein.

„Also morgen dann, um drei?“, vergewisserte er sich kurz und rannte noch vor Ronny aus dem Raum.

Doch obwohl er seinen schweren Körper zur Höchstleistung antrieb, kam er erst zwei Minuten nach der verabredeten Zeit am Sekretariat an. Zum Glück warteten die anderen noch darauf, dass sie von Herrn Kocher hereingebeten wurden. Rahel schaute ihn trotzdem vorwurfsvoll an. Ihr T-Shirt sah komisch zerknittert aus, und ihre Augen sprühten Funken.

„Ich habe eine gute Entschuldigung!“, keuchte Silas.

Aber bevor er seiner Schwester erklären konnte, warum er beim ersten Termin mit dem Direktor zu spät kommen musste, öffnete sich die Tür, und der Schulleiter bat sie herein.

„Erzähl ich dir gleich“, raunte Silas Rahel noch zu.

„Ist klar!“, schnaubte sie, und ihr Bruder beschloss, das Ganze doch für sich zu behalten, bis Rahel sich wieder abgeregt hatte.

BANANEN

„Rahel?! Silas?!", schallte Mamas Sopranstimme durchs Haus. Sie drang bis in die letzte Ecke und klang etwas ungeduldig. Silas seufzte. Er ahnte, was seine Mutter wollte. Sie war am Samstag für ein Konzert in Hagen gebucht und musste ganz bestimmt den Text der Stücke noch ein letztes Mal durchgehen und lernen. Das war immer so. Zwei Tage vorher packte sie doch noch das Lampenfieber. Selbst, wenn sie nicht alles auswendig zu lernen hatte.

„Ich brauche eure Hilfe!"

Der Junge stand vom Schreibtisch auf. Im Flur begegnete er Rahel.

„Was ist denn nun schon wieder?", maulte sie.

Ihr Bruder zuckte die Schultern. Rahel wandte sich zur Treppe. Da sie ohnehin schneller war als er, ließ er seiner Schwester den Vortritt und ging hinter ihr die Stufen hinunter. Mama wartete vor der Küchentür. Sie hielt einen Zettel in der Hand.

„Es tut mir leid, aber ihr müsst für mich Einkaufen fahren!", bestimmte sie.

„Etwa mit dem Fahrrad?!", entfuhr es Silas.

Er schwitzte schon bei dem Gedanken. Mama lächelte.

„Nein, mit Onkel Anton."

Silas' Gesicht hellte sich auf. Sein Onkel besaß seit Kurzem ein Mini-Auto, dessen Geschwindigkeit auf 25 Kilometer pro Stunde gedrosselt war. Er hatte lange dafür gespart, und mithilfe seines Vaters und Rahels Familie konnte er es sich endlich leisten. Letztes Jahr hatte er auch die dafür nötige Fahrerlaubnisprüfung geschafft. Papa war mächtig stolz auf seinen Bruder. Zwei Jahre hatten er und Onkel Anton auf die Prüfung hingearbeitet. Das praktische Fahren war kein Problem. Auf dem Hof und auf den familieneigenen Privatwegen im Wald hatte er von klein auf Erfahrung gesammelt, und Fahrrad fahren konnte er schließlich auch.

„Gerne!", sagte Silas erleichtert.

„Warum?", fragte Rahel.

„Weil ich nicht zum Einkaufen gekommen bin. Ich habe heute Morgen drei Stunden unterrichtet, Freitag muss ich den ganzen Tag an der Uni Unterricht geben, drüben warten ungefähr 100 Umzugskartons, die ausgepackt werden müssen. Ach ja, und ich renoviere ein Haus. Ganz nebenbei bin ich auch noch Sängerin."

Mama klang langsam sauer.

„Ich dachte, wir hätten eine Abmachung, Rahel. Ganz zu schweigen davon, dass Kinder verpflichtet sind, täglich bis zu einer Stunde im Haushalt zu helfen."

„Paragraf 1619 BGB", murmelte Silas. „Bürgerliches Gesetzbuch."

Rahel verzog den Mund. Dieser Rechtskram von Papa nervte genauso wie die Gesangsübungen und die Schüler ihrer Mutter.

„Da steht nichts von einer Stunde", behauptete sie.

„Die Gerichte gehen in eurem Alter von sieben Wochenstunden aus, sagt Papa, da liegst du sicher nicht drüber. Ende der Diskussion. Ich will heute Abend etwas Exotisches für uns kochen, das auch für morgen reicht. Dafür fehlen mir Bananen, Kokosraspeln und Kokosmilch."

Plötzlich gab Rahel nach. Eigentlich hatte Mama recht. Viel helfen musste sie wirklich nicht. Warum war sie eigentlich so schlecht gelaunt?

„Okay." Sie griff nach der Einkaufsliste. „Was noch?"

„Steht alles drauf. Danke, Schatz!", sagte Frau Schmickler und reichte Rahel das Geld.

„Wann kommt Papa eigentlich wieder?", fragte Silas.

„Freitagabend, warum?"

Silas zögerte. Er wollte eigentlich dringend mit Papa sprechen wegen der Sache in der Schule.

„Ach, nur so", sagte er aber.

Seine Mutter ahnte, dass mehr dahinter steckte, aber sie dachte in die falsche Richtung.

„Ja, ich weiß. Es ist blöd, so getrennt zu sein. Aber es dauert nicht mehr lange. Bald muss Papa nur noch dreimal die Woche nach Leverkusen. Die anderen Mandanten werden hier aus der Gegend sein und zu ihm in die neuen Kanzleiräume kommen. Und die meisten Verhandlungen werden am Amtsgericht Brehlweiler stattfinden. Nach Bonn oder Köln muss er nur von Leverkusen aus." Mama seufzte. „Das hoffe ich zumindest. Also, in ein paar Wochen bekommen wir ihn wieder öfter zu Gesicht."

Silas nickte nur, ohne das Missverständnis aufzuklären.

„Okay, komm, Silas. Wo steckt Onkel Anton?", fragte Rahel.

„Der wartet schon draußen auf euch", sagte ihre Mutter.

„Und tschüss! Wir sind dann mal weg", verabschiedete sich Silas.

Sie traten auf den Hof. Ihr Onkel saß bereits am Steuer seines schwarz-gelben Ellenators. Das Fahrzeug war auf der Basis eines tschechischen Pkws aufgebaut. Benannt nach seinem Erfinder Wenzeslaus Ellenrieder aus Dösingen im Allgäu hat dieses Leichtfahrzeug einen Clou: Auf der Hinterachse sind die Räder so eng zusammengeschoben, dass sie wie ein Rad aussehen und auch als eines gelten. Deshalb braucht man dafür keinen Autoführerschein. Anton war angeschnallt und kontrollierte sorgfältig die Spiegel, obwohl er als Einziger mit diesem Vehikel fuhr, sie also sowieso immer perfekt auf ihn eingestellt waren.

„Der Buchsbaumzünsler war da drin, Rahel, haste gehört?!“, sagte Anton, als Rahel und Silas hinten einstiegen.

„Ja, Onkel Anton“, sagte Rahel und dachte bei sich, dass sie die Story seit Mittwoch bestimmt schon hundert Mal gehört hatte.

„Kennst du alle Vorgärten hier in der Gegend?“, fragte Silas nach.

„Ja, ja. Hmm“, nickte sein Onkel und startete sein Auto.

Wenn er Auto fuhr, schwieg Anton meistens. Nur, wenn er an einer Ampel warten musste, blickte er in den Rückspiegel und versuchte, mit seiner Nichte ins Gespräch zu kommen. Es war Rahel ein Rätsel, warum, aber meistens wandte er sich an sie. Silas schien ihn nicht sonderlich zu interessieren, obwohl der zugegebenermaßen viel freundlicher zu ihm war.

Burgenach hatte fast 16 000 Einwohner und alles, was man so brauchte. Also alles, was man auf dem Land so brauchte. Das war auf jeden Fall der Raiffeisenmarkt und ein Landmaschinenhändler. Aber auch ein paar Ärzte, ein Kindergarten, die Grundschule, kauzige Künstler, und natürlich durfte eine katholische Kirche nebst Altenheim nicht fehlen. Danach kamen das Krankenhaus, die Post, der Friedhof ... Ach ja, und dann gab es da noch die üblichen Vereine: Fußball, Tennis, Karneval und Gardetanzverein, Männergesangsverein (natürlich nur Männer!), oh, und nicht zu vergessen die Freiwillige Feuerwehr und die Landfrauen (natürlich nur Frauen!). Wie prickelnd! Ein paar ehrgeizige Historiker vom Heimatverein waren dabei, Werbetransparente zur anstehenden 750-Jahr-Feier aufzuhängen. Rahel betrachtete sie mitleidig. Andere Events hatten die hier nicht zu bieten.

Onkel Anton kannte die Strecke. Er fuhr sie jeden Sonntag, denn die Selbständige Evangelische Gemeinde Eifel, auch SEGE genannt, die die Schmicklers besuchten, lag an der Hauptverkehrsstraße B9. Der RHEKA-Laden von Herrn Passlack, der heute ihr Ziel war, befand sich genau gegenüber. Nach 15 Minuten gemütlicher Fahrt blinkte Anton und bog auf den kleinen Parkplatz. Er suchte seelenruhig eine Parklücke und parkte rückwärts ein. Ein RHEKA-Lkw brachte gerade frische Ware und parkte vor der Anlieferung. „Uns begeistern Bananen" stand in blauen Druckbuchstaben auf dem glänzenden weißen Lack. Daneben prangten ein Büschel der sonnengelben Südfrüchte und das große blaue R der Supermarktkette auf gelbem Untergrund. Rahel registrierte auch das Kölner Kennzeichen.

„Wie passend", murmelte sie zu sich selbst, als sie ausstieg, aber Anton hatte sie gehört. Auch ihm war das Fahrzeug nicht entgangen. Aber jetzt zeigte er auf den Zettel in Rahels Hand.

„Ba… Bananen. Steht das da? Kaufen wir die?"

Rahel schaute auf die Einkaufsliste. Boah, die war ganz schön lang!

„Ja, ja. Bananen kaufen wir auch", antwortete sie.

Voller Vorfreude rieb sich ihr Onkel die Hände. Er kaufte gerne ein.

„Aber Bambus würd ich nich pflanzen! Ich nich!", sagte er, als er sein Auto abschloss.

Rahel griff sich einen Einkaufswagen und atmete tief ein. Onkel Anton stand schon neben ihr.

„U… und? Kaufen wir jetzt Bananen?"

„Ja, erstmal gehen wir rein und holen das Obst. Das ist gleich am Anfang", übernahm Silas.

„Bist du sicher, dass die hier schon Bananen kennen?", fragte Rahel ironisch.

„Ausgerechnet Bananen", sagte Onkel Anton. „Bananen verlangt sie von mir."

Rahel runzelte die Stirn und sah ihren Bruder an.

„Ist so ein alter Schlager", sagte Silas. „Hat Mama gesagt. Wenn er Liedtexte aufsagt, stottert Onkel Anton nicht."

„Ist mir auch schon aufgefallen."

Die Eingangstür öffnete sich automatisch, und die drei betraten den Laden. Verschiedene Obst- und Gemüsesorten waren appetitlich und sauber zu ihrer Rechten und Linken dekoriert. An der Wand gab es sogar ein Kühlregal für Salat und andere leicht verderbliche Sorten. Rahels Sorge war unbegründet gewesen. Onkel Anton hatte die Bananen als Erster entdeckt und steuerte direkt auf sie zu. Er griff ohne zu zögern in eine Kiste, die auf dem Boden vor der Auslage stand, und holte ein Bündel hervor.

„Hier, die! Die musste kaufen", sagte er und hielt das Bündel hoch. Dabei grinste er Rahel an.

„Warte mal, ich glaube, die müssen noch einsortiert werden. Vielleicht sind das besondere Bananen. Wer weiß, was die kosten. Hier steht ja sonst nichts auf dem Boden", meinte Silas.

Sofort legte Anton das Bündel zurück. Er war augenblicklich ernst geworden.

„Das ist ja mal wieder typisch, so übervorsichtig bist auch nur du!", kritisierte Rahel ihren Bruder. „Was soll denn bitte an den Bananen dran sein? Da war halt einfach kein Platz mehr oben in der Auslage."

Rahel schüttelte den Kopf, doch Silas achtete nicht auf sie. Er trat neben seinen Onkel und hockte sich dann hin, um die

Schrift auf der Kiste besser entziffern zu können. Die Bananen kamen aus Kolumbien. Auch Rahel las jetzt die Schrift auf der Bananenkiste.

„Hä, was steht da denn?“, fragte sie. *„Primera calidad?!* Was heißt das?“

„Das ist Spanisch, und *primero* oder *primera* heißt ‚erste‘. Die meisten Bananen kommen aus Südamerika, da wird fast nur Spanisch gesprochen. Außer in Brasilien.“

Silas zückte sein Handy und befragte sein Offline-Wörterbuch, das er sich kürzlich runtergeladen hatte. Da er gerade erst anfing, Spanisch zu lernen, kannte er das andere Wort noch nicht.

„Auf die Idee, freiwillig eine dritte Fremdsprache zu lernen, kommst auch nur du.“

Doch auch auf diese Bemerkung seiner Schwester ging Silas nicht ein.

„Aha. *Calidad,* c spricht man hier wie k, heißt Qualität. Erste Qualität? Das heißt bestimmt Eins-a-Qualität oder beste Qualität“, sagte er.

„Und warum schreiben die das mit der Hand darauf?“, wunderte sich Rahel. „Mit schwarzem Edding? Sieht nicht gerade hübsch aus.“

„Keine Ahnung.“

„Ich nehm die jetzt“, sagte Anton. Er griff zum zweiten Mal nach dem Bündel Bananen. „Haste gehört, Rahel?!“

„Ja, habe ich, Anton, ich bin ja nicht taub.“

„Nich?“, kicherte Anton.

„Sag mal, spinnst du? Wo hast du die Kiste hingestellt?“, tönte plötzlich eine ihnen bekannte Stimme aus dem Lager des Supermarktes. Allerdings hatte sie noch nie so wütend geklungen.

Der Lagerraum war nur durch einen dicken Plastikvorhang vom Verkaufsraum getrennt, und so drang die Empörung des

Filialleiters bis zu der Kundschaft, die zum Glück an dieser Stelle gerade nur aus den drei Schmicklers bestand.

„Die sollte nicht nach vorne, du Idiot! Sondern die andere Lieferung. Die zwei Kisten sollten abgeschrieben werden. Ich habe doch gerade im Zentrallager angerufen und nachgefragt. Die sind schlecht“, herrschte Herr Passlack seinen Mitarbeiter an. „Willst du die Kunden verärgern!? Schwing die Hufe und sofort retour!“

„Mannomann! Bei dem liegen aber die Nerven blank“, sagte Silas leise. „Der Einbruch setzt ihm wohl ganz schön zu. Dabei ist doch nicht wirklich was passiert.“

„Sind die … die schön, die Bananen? Hier, ich find die schön, Rahel!“

Unbeeindruckt von der wütenden Stimme betrachtete Onkel Anton das Bündel, das er immer noch in der Hand hielt. Er konnte nichts Schlechtes an ihnen entdecken.

„Sind doch schön, o… oder nich?“

Seine Nichte nahm die Früchte an sich.

„Für mich sehen die einwandfrei aus“, sagte sie, „genau richtig für Mama.“

Doch als sie sich dem Einkaufswagen zuwandte, war der Mitarbeiter, der gerade ausgeschimpft worden war, schon bei ihr.

„Entschuldige bitte“, sagte er mit hochrotem Kopf und nahm Rahel die Bananen aus der Hand, „aber die sind nicht zum Verkauf bestimmt. Das war ein Versehen. Die Ware ist nicht in Ordnung.“

Mit diesen Worten legte er das Obst in die Kiste zurück und hob sie vom Boden hoch. Rahels Gesicht war ein einziges Fragezeichen, aber sie sagte nichts.

„Es tut mir wirklich leid. Aber es ist eine Anweisung von oben“, entschuldigte sich der Mitarbeiter noch einmal und verschwand eilig mit der Kiste hinter dem Plastikvorhang.

„Dann nehm ich die hier!", bestimmte Onkel Anton.

Er ließ sich durch das seltsame Benehmen des Mitarbeiters nicht aus der Ruhe bringen und griff nach einem neuen Bündel, das ordnungsgemäß einsortiert war. Schnell legte er es in den Wagen, bevor noch etwas schiefging. Rahel blickte dem Verkäufer nachdenklich hinterher.

„Seltsam."

Silas hob die Schultern.

„Kann mal passieren. Fehler kommen überall vor. Hauptsache, Mama kriegt ihre Bananen."

„Bananen?", wiederholte Onkel Anton kichernd. „Ausgerechnet Bananen?"

Na super! Ein weiterer Spruch, der mich die nächsten Tage begleiten wird, dachte Rahel.

RONNY

Guten Taaag!", sagte Anton und öffnete die Haustür weit. Er warf nur einen kurzen Blick auf den Besucher. Dann entfernte er sich vom Eingang und brüllte Richtung Wohnzimmer:

„P… Papa! D… da ist einer, der sieht aus wie 'ne Frau!"

Ronny blieb verlegen vor der sperrangelweit geöffneten Tür stehen. Er traute sich nicht, ins Haus zu gehen, weil ihn niemand hereinbat. Der schwarzhaarige, kräftige Mann, der ihm geöffnet hatte, drehte ihm den Rücken zu und schien ihn zu ignorieren. Er trug grüne Arbeitskleidung, und Ronny schätzte sein Alter auf etwa 40 Jahre.

„Pa…pa! Ko… komm mal!", rief er noch einmal, dann ging er auf die Wohnzimmertür zu, ohne den Besucher weiter zu beachten.

Hilflos starrte Ronny in den langen Flur. Er war doch mit Silas verabredet, oder? Hatte der ihn vergessen? Er guckte noch mal die letzte Chat-Nachricht an. Stimmte doch, Freitag, 15 Uhr. Das war eindeutig. Er war richtig. Schon fühlte er sich etwas besser, obwohl sich immer noch keiner um ihn kümmerte. An ihm lag es jedenfalls nicht. Vorsichtig machte er nun doch einen Schritt über die Schwelle ins Haus. Die

Wände des Flurs waren schlicht weiß gestrichen und nur mit einigen Wörtern oder Sätzen tapeziert.

„Remember, as far as anyone knows we are a nice normal Christian family", las er zu seiner Linken.

„Der Herr segne und behüte dich, der Herr lasse sein Angesicht leuchten über dir und sei dir gnädig!", stand rechts an der Wand und darunter Zahlen, ein Punkt, ein Name und ein Komma: 4 Punkt Mose 24 Komma 6. Ronny runzelte die Stirn. Was bedeutete das?

„Is keiner da. Keiner da", sagte der Mann, der ihm die Tür geöffnet hatte. Aber es klang, als redete er mit sich selbst. Deshalb schwieg Ronny.

Plötzlich ging oben eine Tür auf. Kurz darauf kam Silas die Treppe heruntergepoltert. Auf dem Kopf saß noch der große Kopfhörer, mit dem er bis gerade einen englischen Film auf seinem Laptop geguckt hatte.

„Entschuldige, Ronny, ich habe die Klingel nicht gehört!"

„Ist das dein Freund?", fragte Onkel Anton und grinste. Um seine grün-grauen Augen erschienen dabei Lachfältchen, und sein Zeigefinger zeigte auf Ronny. „Der … Der sieht aus wie 'ne Frau."

Silas wurde rot.

„Ja, das ist mein Freund", sagte er zu seinem Onkel, der daraufhin zurück in den Schmutzraum ging, um seine Arbeitsschuhe anzuziehen.

„Wie 'ne Frau", murmelte er und zog die Tür hinter sich zu.

„Sorry, aber mein Onkel ist manchmal brutal ehrlich. Er sagt einfach, was er denkt."

„Was meint der denn?", wollte Ronny wissen.

„Deine langen Haare", antwortete Silas und wurde dabei dunkelrot.

„Ist der ganz normal?", fragte Ronny etwas pikiert.

„Nein“, lachte Silas auf. „Aber was ist schon normal? Onkel Anton ist geistig angeblich auf dem Stand eines Achtjährigen. Nur hat er 32 Jahre mehr Lebenserfahrung. Er ist cool. Ein echter Kumpel.“

Ronny folgte Silas und las den nächsten Wandspruch im Treppenaufgang: *Seid dankbar in allen Dingen!*

„Sind die Sprüche … aus der Bibel?!“, fragte er, obwohl er noch nie in diesem Buch gelesen hatte.

„Hhm? Ja. Die Zahlen bezeichnen die Kapitel und den Vers in dem entsprechenden Buch.“

„Ah, logo!“

Ronny nickte und tat so, als hätte er verstanden. Es stimmte also, was man sich über Schmicklers erzählte. Die hatten es mit der Bibel. Seine Mutter hatte ihn vorgewarnt. Sie war nicht so begeistert gewesen, als er von Silas’ Einladung erzählt hatte. Aber das war ihm egal. Er war schließlich auch nicht von allem begeistert, was sie tat.

„Ich bin zur Jugendweihe gegangen, letztes Jahr, noch in Dresden“, erzählte er.

„Du bist auch erst vor Kurzem hierhergezogen?“, fragte Silas überrascht.

„Ja, nach der Scheidung meiner Eltern. Mama wollte zurück in die Eifel.“

„Oh.“

„Warum habt ihr da was auf Englisch stehen?“, fragte Ronny und zeigte runter in den Hausflur.

„Das Wand-Tattoo hat uns Tabea geschickt. Meine große Schwester. Sie studiert in den USA.“

„Krass. Da wollte ich schon immer mal hin.“

„Wie viel Zeit hast du?“, fragte Silas. „Mein Opa will uns nachher etwas zeigen. Er wusste aber noch nicht, wann er aus der Stadt zurück ist. Er ist mit meiner Schwester unterwegs.“

„Auf mich wartet keiner. Meine Mutter ist bis acht arbeiten, und dann braucht sie noch ewig mit dem Bus."

„Okay, dann kannst du ja zum Abendbrot bleiben", lud Silas seinen Besuch ein.

„Was gibt's denn?", fragte Ronny misstrauisch.

Silas zeigte auf dessen T-Shirt. Er trug dasselbe wie vor zwei Tagen. Das mit dem Hamburger.

„Fast-Food-Fan?"

„Hast du ein Problem damit?"

„Nö, ganz im Gegenteil. Nur wüsste ich nicht, wo ich das hier herbekomme. In Dortmund gab's das an jeder Ecke. Griechen, Italiener, Türken, Chinesen. KFC und McDonalds …"

„… Burger King, Subway, Pizza Hut, Nordsee, Vapiano und IKEA?!", unterbrach Ronny Silas begeistert.

„Klar. Null problemo."

„Himmlisch!"

Ronny sah aus, als würde ihm das Wasser im Mund zusammenlaufen.

„Habt ihr hier überhaupt einen von diesen Fresstempeln?", fragte Silas.

„Klar, man muss nur wissen, wo, und etwas länger fahren. Ich weih dich mal ein, bei Gelegenheit."

„Gerne. Und heute probierst du Mamas Fisch in Kokos-Senf-Bananensauce!", sagte Silas und prustete laut los, als er Ronnys entsetztes Gesicht sah. „Nein, Quatsch, wir haben heute Mittag schon warm gegessen."

Opa und Rahel kamen um 17:00 Uhr zurück, und Herr Schmickler drängte darauf, rasch loszufahren. Er hatte eine Überraschung für seine Enkel und wollte unbedingt noch im Hellen in den Wald. Deshalb holte er sofort seinen alten knallroten Hanomag R425 aus der Garage. Den Trecker fuhr er seit 30 Jahren. Onkel Anton war damit groß geworden und kuppelte selbständig den kleinen Anhänger an. Dann kletterte er mit den Jungs auf die Ladefläche.

„Caruso, komm!", befahl er, und der Hund sprang zu ihm, während Rahel neben ihrem Opa auf der Sitzbank Platz nahm und sich darüber ärgerte, dass dieser Ronny mit ihnen fuhr.

Der Trecker war Baujahr 1959 und hatte nur 19 PS. Aber Opa liebte ihn heiß und innig und hatte ihn liebevoll „Gerd" getauft. Sein Gesicht strahlte, als er die Bremse löste und der Oldtimer lostuckerte. Nur kurz kam dunkler Qualm aus dem senkrechten Auspuffrohr auf der Motorhaube. Dann lief der Trecker rund.

„Klingt wie eine Riesennähmaschine!", brüllte Ronny Silas ins Ohr.

Er quetschte sich in die Ecke der Ladefläche, die am weitesten von dem Monsterhund entfernt war.

„D… Das ist so!", sagte Onkel Anton. „D… Das muss so. Satter Dieselsound!", lachte er und rieb sich die Hände.

„Ist das alles euer Wald?"

„Ja, ja, hmh", nickte Anton und spitzte die Lippen.

„Hier im Landkreis Brehlweiler ist über die Hälfte der Wälder Privatwald", ergänzte Silas.

Ronny schwieg beeindruckt. Caruso bellte ab und zu ein Kaninchen oder Eichhörnchen an, aber Anton hielt ihn am Halsband fest. Trotzdem zuckte Ronny jedes Mal zusammen. Nach zehn Minuten Fahrt parkte Opa Schmickler an einer Ausbuchtung direkt an dem Landwirtschaftsweg. Von einer Überraschung war von hier aus nichts zu sehen.

„Wir müssen zu Fuß weiter", sagte er und kletterte vom Trecker.

„Ist es weit?", fragte Silas.

„Nein, keine Angst."

Opa ging mit strammen Schritten einen kleinen Hügel hinauf, der mit Laubbäumen bewachsen war.

„Boah, stell dich nicht so an, du kannst dich ruhig mal etwas bewegen", neckte Rahel ihren Bruder.

„Du hast gut reden", murmelte Silas. „Du hast die längeren Beine."

Es war für Silas schwer zu ertragen, dass seine Schwester im Moment ganze fünf Zentimeter größer war, und er hoffte sehr, dass sich das noch ändern würde. Dazu hatte Rahel Papas Figur geerbt und außerdem einfach Spaß am Sport. Daher hielt sie mühelos mit Opa und Caruso mit. Silas dagegen war schnell außer Atem und fiel zurück, sodass Ronny sich plötzlich neben Rahel wiederfand.

„Hi ... äh ... Ist dein T-Shirt wieder trocken?"

„Nee, ich gieß mir ständig neues Wasser drauf!" Rahel schüttelte den Kopf. Der Typ passte gar nicht zu Silas! „Kannst du nur blöde Fragen stellen?!"

„Puh! Entschuldige, dass ich dich angesprochen habe", gab Ronny zurück.

Rahel wollte gerade eine weitere fiese Bemerkung loslassen, da sah sie etwas, was nicht in den Wald passte. Hinter dem Hügel in einer Senke stand eine kleine Gruppe grüner Tannen, und an mehreren Stellen schimmerte es rot durch deren Nadeln. Was war das bloß?

„Ein Auto!", sagte Ronny.

Er war nicht nur größer als Rahel, sondern stand auch etwas höher und hatte so den besseren Ausblick.

„Ein Kleinbus, genauer gesagt", ergänzte Opa und freute sich über die überraschten Gesichter.

„He! Wartet auf mich!", schnaufte Silas, der gerade als Letzter oben auf dem Hügel ankam.

„Und was macht das Auto hier im Wald?", fragte Rahel ihren Opa und funkelte Ronny an. Klar, der Typ musste die Überraschung auch noch als Erster erkennen!

„Das ist der Bus, mit dem eure Oma jahrelang die Förderschulkinder in den umliegenden Dörfern eingesammelt und in die Stadt zur Schule gebracht hat."

Opa schluckte und räusperte sich.

„Sie hat diese Fahrten frühmorgens geliebt, und ich habe es einfach nicht übers Herz gebracht abzuwarten, bis das Fahrzeug verschrottet wird. Wenn ich das Auto sehe, habe ich immer im Ohr, wie Oma mit den Kindern Lieder singt und ihren Geschichten lauscht. Sie kamen meistens gut gelaunt zum Unterricht."

„Du hast es ... dem Busunternehmen ... abgekauft?", fragte Silas, der jetzt mit den anderen bei den Tannen angekommen war. Er musste nach Luft schnappen.

„Ja. Der TÜV ist kurz nach Omas Tod abgelaufen, und das Auto hatte zu viele Mängel für eine Reparatur ... Komisch, als hätte es ohne Oma keine Lust mehr gehabt."

Alle starrten jetzt auf den Bus. Nur Caruso lief schwanzwedelnd in eine andere Richtung. Dort roch es interessanter. Dann stapften sie langsam vom Hügel zur Senke hinunter.

„Darf man das denn einfach so im Wald abstellen?", fragte Ronny.

„Einfach so nicht. Ich habe darunter gepflastert", erklärte Opa und zeigte auf den Boden.

Jetzt sahen sie alle die grauen Steine unter dem Auto, die bis zu diesem Moment nur Rahel bemerkt hatte.

„Außerdem habe ich natürlich Benzin und Öl abgelassen, damit nichts auslaufen kann. Bis gestern hatte ich es mit Tarnfolie abgedeckt, aber jetzt solltet ihr es sehen. Ist langsam warm genug draußen."

„Wofür?", fragte Rahel. „Was hast du mit dem Auto hier draußen vor?"

Opa lachte.

„Hast du keine Ahnung?"

Seine Enkelin guckte fragend und schüttelte den Kopf.

„Na, ich dachte, das wäre ein prima Kinderzimmer ... äh ... Jugendzimmer, bis eure im alten Haus so weit sind, dass ihr einziehen könnt. Ist ja nicht immer so leicht, mit zwei alten Männern zusammen zu hausen."

„Ich bin nicht alt", sagte Onkel Anton. „Du vielleicht."

Ronny musste lachen und hielt sich die Hand vor den Mund. Auch Opa Schmickler lächelte.

„Wenn ihr mal ein bisschen Ruhe wollt, könnt ihr hierhin. Mit dem Fahrrad geht es genauso schnell wie mit meinem Gerd", sagte er.

Rahel flog ihrem Opa um den Hals.

„Oh, danke, Opa! Du bist spitze!"

Opa Peter drückte sie und zwinkerte Silas zu, der sich ebenfalls bedankte.

„Ich weiß", sagte er und holte einen Schlüssel aus der Hosentasche. „Eure Haustürschlüssel! Ich habe noch ein paar Extras eingebaut. Wenn ihr wollt, könnt ihr hierbleiben und den Wagen inspizieren. Ihr müsstet allerdings zu Fuß zurückkommen, denn ich muss schon jetzt wieder los."

„Kein Problem!", sagte selbst Silas begeistert.

„Findet ihr denn zurück?", wollte Ronny wissen.

Er hielt sein Handy in die Höhe, aber hier in der Senke bekam er kein GPS-Signal. Rahel und Silas waren sich nicht sicher. So weit im Wald wie heute waren sie schon lange nicht gewesen, und sie hatten nicht so genau auf den Weg geachtet.

„Ich lasse euch Caruso da. Er bringt Anton auch sicher nach Hause, wenn er sich mal verlaufen hat. Unser Startenor hat ein bisschen zu viel zugelegt und kann die Bewegung gebrauchen."

„D... da... das ist ein Sch... Schu... Schutz- und Führhund", sagte Onkel Anton. „Der kann das alles."

„Dann viel Spaß!“, wünschte Opa und reichte Silas die Leine und Rahel den Schlüssel.

„Viel Spaß!“, wiederholte sein Sohn.

Dann drehten sich die beiden um und gingen zurück zu ihrem Trecker.

„Welcher Startenor?“, fragte Ronny und achtete darauf, dass er dem Hund nicht zu nahe kam.

„Der Hund ist nach Enrico Caruso benannt, einem der besten Sänger der Welt. Aber klar, dass du hier auf dem Land noch nie was von dem gehört hast“, sagte Rahel schnippisch und drehte sich um. Ronny sollte nur nicht denken, dass er hier so einfach mitmachen konnte.

„Wenn der so berühmt ist, wie du behauptest, dann würde man ihn wohl in unserem Dorf kennen. Wir haben nämlich sogar Radio und Fernsehen“, rief Ronny ihr nach, als sie hinter dem roten Bus verschwand. „Manchmal sogar Internet ...“, murmelte er.

„Nur, dass das nichts nützt“, klärte Silas ihn leise auf und unterdrückte ein Grinsen. „Caruso ist schon 100 Jahre tot.“

CARUSO

Mama, raus aus der Küche, du hast heute frei für dein Konzert, fahr schon endlich los, ich koche für dich!" Rahel schob ihre Mutter vom Herd. Onkel Anton schaute ihr dabei zu. Frau Schmickler lachte und gab nach. Sie nahm die Schürze ab und reichte sie an ihre Tochter weiter.

„Oh, oh, da komme ich am besten erst wieder, wenn die Küche fertig ist", sagte Mama.

„W… wenn die abgebrannt ist?", fragte ihr Schwager.

Rahel prustete los. Meistens mochte sie Onkel Antons Humor, sogar, wenn es auf ihre Kosten ging. Er meinte es nie böse. Fast die ganze Familie stand in der Küche herum. Sie hatten gerade den Frühstückstisch abgeräumt.

„Komm, Anton, wie gehen mal hier raus", schlug Opa vor. „Wir stören hier nur."

„Der merkt das nicht", sagte Papa und stupste seinen Bruder gutmütig in die Seite.

„Komm, Anton", sagte Opa noch einmal, aber sein Sohn blieb unbeweglich neben Rahel stehen und beobachtete, wie sie Mehl in Butter rührte.

„Nee, ich merk das nicht", sagte er trocken.

Jetzt lachten alle. Frau Schmickler schmunzelte. Anton bekam mehr mit, als man dachte. Aber er war immer freundlich und fröhlich und konnte über sich selbst lachen. Nur wenn Borussia verlor, war nicht mit ihm zu spaßen. Dann musste ihn Opa Peter manchmal in sein Zimmer schicken. Da konnte er alleine vor sich hin schimpfen, ohne dass jemand Ohrenzeuge wurde.

„Tschüss, Liebling!", sagte Mama zu Papa und drückte ihm einen Kuss auf die Wange.

„Warum? Wo gehst du denn hin?"

Papa guckte hilflos und verwirrt. Mama verzog den Mund.

„Aber Liebling, Rahel hat es doch gerade gesagt. Und außerdem steht es dick und breit im Kalender!"

Mama zeigte auf den großen Familienkalender, der in der Küche an der Wand hing.

„Da, sogar in rot: Samstag, 15. Mai, Konzert in Hagen in der Johanniskirche. Ab und zu kannst du da doch mal draufgucken, oder?"

„Ach ja, entschuldige bitte! Das habe ich vergessen, dann wünsche ich dir viel Erfolg und viel Spaß!"

Papa nahm Mama in den Arm. Rahel fand es immer witzig, wenn sie so dastanden. Da Mama fast 30 Zentimeter kleiner war, sah es aus, als umarme Papa ein Kind.

„Schon gut!", sagte das Kind.

Papa vergaß öfter etwas. Also, jedenfalls von den ganzen Alltagssachen. Beim Einkaufen vergaß er sein Portemonnaie, im Büro seinen Mantel, im Zug den Regenschirm. Er verwechselte die Geburtstage aller Familienmitglieder und bekannte mit unbekannten Menschen, da er absolut kein Gedächtnis für Gesichter hatte. Meistens war das lustig, aber manchmal auch ziemlich peinlich, wenn er begeistert wildfremde Leute begrüßte, liebe Freunde dagegen ignorierte. Im Haushalt richtete er mehr Schaden als Nutzen an, und bei der Renovierung konnte Mama ihn höchstens zum Tapetenabreißen gebrauchen. Aber in seinem Job war er spitze und in der Gemeinde ein gefragter Gesprächspartner und Redner.

„Ach Paul, dein Kopf ist einfach zu sehr mit Nachdenken beschäftigt", murmelte Mama in Papas Ohr. „Hat auch sein Gutes. So merkst du wenigstens nicht, dass ich ein paar Pfunde zu viel auf den Hüften habe."

Sie sah an sich herab. Die Hose saß tatsächlich schon wieder etwas eng.

„Aber Liebling, ich liebe jedes Gramm an dir!", widersprach Papa.

„Boah, das will ich gar nicht hören!", rief Rahel. „Raus hier!"

Lachend ließen auch Mama und Papa sie allein.

Frau Schmickler war gerade vom Hof gefahren und Papa auf dem Weg in seine neuen Kanzleiräume in seinem alten Elternhaus, da kam Xenia Passlack mit ihrem Fahrrad auf den Hof geradelt. In dem Korb auf ihrem Gepäckträger lag ein großer Blumenstrauß und darunter ein mit Paketband fest verschnürtes Päckchen.

„Ach, guten Tag, Herr Schmickler!", rief sie und stieg vom Rad. Sie stellte es in den Ständer und nahm den Strauß in die Hand. „Ich komme gerade vom RHEKA-Laden zurück und wollte mich mit diesen Blumen noch einmal bei Hannah bedanken."

„Oh, die ist eben weggefahren", sagte Papa und guckte zur Straße, obwohl seine Frau schon längst nicht mehr zu sehen war. Silas kam mit einer vollen Mülltüte aus dem Haus.

„Wo ist Opa?", fragte Papa ihn.

„Schon im Wald. Caruso und Anton sind hier. Warum?"

„Der ist für Mama", sagte Papa und guckte auf den Blumenstrauß, den Frau Passlack ihm hinhielt. Er nahm ihn nicht entgegen. Silas verstand und griff nach den Blumen.

„Vielen Dank, Frau Passlack, da wird sich Mama aber freuen. Ich weiß auch, wo die Blumenvasen sind", sagte er zu Papa, der erleichtert nickte.

„Ich wollte gerade in mein Büro, muss noch ein paar wichtige Papiere sortieren", entschuldigte sich Herr Schmickler. Da fiel ihm ein, dass bei seinen Nachbarn eingebrochen worden war.

„Haben Sie gut geschlafen?", fragte er.

Frau Passlack sah ihn überrascht an und musste erst überlegen, was diese seltsame Frage sollte. Doch dann begriff sie.

„Ja", sagte sie. „Ja, vielen Dank, dass Sie nachfragen. Ich schlafe gut, aber mein Mann hat etwas Probleme."

„Das ist nicht ungewöhnlich. Der Gedanke, dass jemand Fremdes im eigenen Haus war, ist selbstverständlich beunruhigend. Die Unverletzlichkeit der Wohnung gehört nicht ohne Grund zu den ersten Artikeln unserer Verfassung. Eines der immens wichtigen Abwehrrechte des Bürgers gegenüber dem Staat. Und auch jede Privatperson, die eine Wohnung unberechtigt betritt, macht sich strafbar", dozierte Papa. Dann erinnerte er sich, dass es hier um Frau Passlack und nicht um die Rechtsordnung ging. „Machen Sie sich einfach bewusst, dass es höchst unwahrscheinlich ist, dass der Einbrecher zurückkommt", tröstete er sie. „Ich werde für Ihren Mann beten, und er kann auch gerne mal auf eine Tasse Kaffee rüberkommen. Wir müssen ja sowieso noch auf gute Nachbarschaft anstoßen. Sie sind natürlich auch eingeladen."

„Ja … ja, gerne", sagte die Nachbarin etwas verlegen.

Silas freute sich, dass sie die Einladung nicht abgelehnt hatte. Papa verabschiedete sich höflich und wandte sich Richtung Kanzlei. Frau Passlack sah ihm noch eine Weile hinterher, als müsse sie über das nachdenken, was ihr Nachbar gesagt hatte. Dann nickte sie Silas zu, klappte ihren Fahrradständer ein und wendete ihr Fahrrad, um vom Hof zu fahren. In diesem

Moment kam Rahel mit Caruso aus dem Haus. Sie war fertig mit Kochen, der Auflauf stand auf der Arbeitsplatte, und sie brannte darauf, eine Fahrt zu ihrem neuen Domizil im Wald zu machen. Der Hund stürmte erst ins Freie, kam dann aber sofort zur Haustür zurück. Er lief mit der Nase über dem Boden, als würde er eine Spur verfolgen. Frau Passlack wollte gerade auf ihr Fahrrad steigen, als Caruso sich vor ihr aufstellte und sie laut anbellte. Erschrocken fuhr sie zusammen und schlug eine Hand vor die Brust. Das Rad drohte umzukippen, aber sie konnte es gerade noch rechtzeitig festhalten.

„Du meine Güte, hab ich mich jetzt erschrocken", sagte sie.

„Caruso, aus!", befahl Silas, aber der Hund bellte weiter wie verrückt.

Jetzt kam auch Onkel Anton aus dem Haus, um nach Caruso zu sehen. Doch anstatt einzugreifen, blieb er abwartend stehen. Der Hund begann, mit beiden Vorderpfoten an den Speichen des Hinterrades zu kratzen.

„He, was soll das?", rief Frau Passlack, die das Rad kaum halten konnte. „Was macht er denn da?"

„Keine Ahnung", sagte Silas. „Es tut mir leid, ich weiß nicht, was in ihn gefahren ist!"

Er fasste Caruso am Halsband und versuchte, das Tier von dem Fahrrad wegzuzerren. Rahel kam ihm zu Hilfe. Der Hund begann zu knurren und schnappte nach Silas. Der zuckte erschrocken zurück.

„Der … der will das nich", sagte Onkel Anton. „Siehst du doch, dass der das nich will!"

Caruso sprang jetzt am Gepäckträger hoch und bellte weiter.

„Ist da Wust drin?", fragte Silas und zeigte auf das Päckchen im Fahrradkorb.

„Ich weiß nicht, was da drin ist. Mein Mann hat es mir gerade gegeben. Es war ihm im Weg, und ich sollte es nach

Hause bringen. Jedenfalls gehört es uns und nicht eurem Hund."

Frau Passlack versuchte zu lachen. Rahel hatte mittlerweile die Leine aus dem Flur geholt und gab sie Onkel Anton. Er befestigte sie am Halsband des Riesenschnauzers. Dann zerrte er seinen Hund zur Seite. Caruso jaulte und winselte. Er kratzte jetzt mit den Pfoten auf dem Boden. Frau Passlack stieg schnell auf ihr Rad.

„Ich fahr dann besser", sagte sie und fuhr direkt los.

„Entschuldigen Sie bitte!", bat Silas.

„Auf Wiedersehen", sagte sein Onkel.

„Komisch. Das hat er noch nie gemacht", wunderte sich Rahel und tätschelte den Kopf des Hundes, der jetzt auf einmal wieder ganz normal schien.

„Doch. D... das macht der immer so!", widersprach Anton.

„Wie, immer so?", fragte Silas.

„D... das h... hat Papa ihm b... beigebracht."

Immer, wenn Onkel Anton aufgeregt war, wurde sein Stottern schlimmer.

„Was hat Opa Peter ihm beigebacht?"

„D... Das ist ein D... D... Drogenhund. Der ... der sucht Drogen, dann kriegt er sein Spielzeug."

„Wie?", fragte Rahel. „Ich dachte, der soll nur auf dich aufpassen?"

„D... das auch, d... das kann der auch. K... Kombi-Hund ist der. D... der k... kann beides!"

Den Geschwistern verschlug es kurz die Sprache. Sie wussten natürlich, dass Opa bei der Polizei Hundeführer und Ausbilder an der Polizeischule gewesen war. Solange sie denken konnten, hatte er immer einen Hund gehabt. Aber Caruso hatte er erst nach seiner Pensionierung gekauft, und er war Onkel Antons Hund. Er sollte auf ihn aufpassen und ihn notfalls nach Hause führen. Drogen suchen!? Davon hatte Opa nie etwas erwähnt.

„Das ist doch Quatsch!“, sagte Silas deshalb jetzt überzeugt. „Wo soll denn Frau Passlack Drogen herhaben? Die liegen ja nicht neben dem Gemüse im RHEKA. Und außerdem würde sie die nicht einfach so im Dorf spazieren fahren! Vom RHEKA bis hierher? Da müsste sie ja schön blöd sein.“

„Das ergibt keinen Sinn“, meinte auch Rahel. „Dafür hat sie zu ehrlich geklungen. Die wusste wirklich nicht, was da drin war.“

„Ich glaube nicht an die Drogen. Ich tippe auf Wurst“, war sich Silas sicher.

Caruso stellte die Ohren auf. Das Wort Wurst kannte er genau.

„Siehst du?!“, lachte Silas und kraulte Carusos Kopf. „Braver Junge. Caruso wäre nicht der erste Hund, der bei Wurst schwach wird.“

Onkel Anton zuckte die Schultern.

„Dann halt nicht“, sagte er, ganz ohne zu stottern. Aber seine Stimme wurde leiser, als spräche er mit sich selbst. „Müsst ihr ja nicht glauben. Wurst ist das. Wurst.“

„Wo ist denn Opa?“, fragte Rahel.

„Das hat Papa auch gerade gefragt. Dabei hat Opa doch vorhin gesagt, dass er nach den Bienenstöcken im Wald sehen muss. Er will wissen, wie weit die Frühtracht ist. Die Rapsfelder rundherum haben gut geblüht.“

„Frühtracht?“, wiederholte Rahel.

„Ja, es gibt Frühtracht und Sommertracht und Spät…“, erklärte Silas.

„Und Eintracht!“, fiel ihm sein Onkel ins Wort. „Eintracht gibt's auch noch!“, behauptete er.

„Eintracht?“, fragte Silas. Diese Honigsorte kannte er nicht.

„Ja, Eintracht Frankfurt“, grinste Onkel Anton und kicherte.

RUTH

Der nächste Tag war ein Sonntag. Rahel hatte absolut keine Lust aufzustehen, aber was den Gottesdienst betraf, kannte ihre Familie kein Erbarmen. Alle Schmicklers, die jünger als 14 waren, hatten keine Wahl. Sie mussten mit, ob sie wollten oder nicht. Klar, kleinere Kinder konnten schlecht ohne Aufsicht zu Hause bleiben, wenn alle Erwachsenen in die Gemeinde gingen, aber mit 13 ...?! Seufzend schälte sich das Mädchen aus dem warmen Bett. Vor der Badezimmertür kam ihr Silas entgegen.

„Was hast du denn für eine Laune?", fragte er. „Wieder keine Lust auf den Gottesdienst?"

Rahel verzog das Gesicht.

„Nächstes Jahr darf ich selbst entscheiden. Mit 14 bin ich religionsmündig."

Dass Mama und Papa immer so auf die Gesetze pochten, war in diesem Fall zu ihrem Vorteil.

„Klar!"

Silas guckte traurig, aber Rahel sah es nicht mehr. Sie war schon im Bad.

Während Mama und Papa mit Opa fuhren, stiegen die Geschwister nach dem Familienfrühstück in Onkel Antons Ellenator. Heute Morgen war ihr Fahrer allerdings nicht sehr gesprächig. Er summte nur vor sich hin und brachte sie ohne zu reden in die SEGE. Selbst den Buchsbaumzünsler schien er vergessen zu haben. Nur zwei Wörter kamen über seine Lippen, als sie am RHEKA-Laden vorbeifuhren.

„Ausgerechnet Bananen“, sagte er.

Aber Rahel achtete nicht darauf, sonst hätte sie ebenso wie ihr Onkel und Silas gesehen, dass der „Uns begeistern Bananen“-Lkw von vorgestern heute zwar nicht vor der Anlieferung, aber auf dem Parkplatz stand.

An der Tür des Gemeindehauses begrüßte Pastor Schrober wie immer alle mit Handschlag. Das ist in Burgenach auch keine Kunst, da die Gemeinde relativ klein ist. In Dortmund war dazu mehr als eine Person nötig gewesen. Stumm schüttelte Rahel dem etwa 50-jährigen, fast glatzköpfigen Mann die Hand. Der kahle Kopf mit dem kleinen Haarkranz und sein kleiner grauer Schnauzbart ließen ihn wie einen Opa aussehen. Aber Pastor Werner Schrober war nicht verheiratet und hatte auch keine Kinder. Heute trug er, wie an jedem anderen Sonntag auch, einen Anzug. Sonst sah man ihn eher in bequemer Kleidung oder in Sportsachen. Das lag daran, dass er in seiner Freizeit gerne am Gemeindehaus herumwerkelte oder Sport trieb. Am liebsten spielte er Fußball mit den Jugendlichen der SEGE. Sein Lieblingsverein war allerdings Mainz 05. Mehr wusste sie nicht über ihn. Er hatte seine Stelle erst letztes Jahr Weihnachten hier angetreten. Opa hatte sich mit ihm angefreundet.

„Herzlich willkommen zum Familiengottesdienst, Rahel!“, sprach der Pastor sie an.

Auch das noch! Das Mädchen stöhnte innerlich. Heute standen Kinderlieder und Rollenspiele auf dem Programm.

Sie beschloss, in der letzten Reihe zu verschwinden, damit sie wenigstens nirgendwo mitmachen musste.

„Guten Morgen", murmelte sie und drückte sich schnell an dem sportlichen Pastor vorbei.

Gerade noch rechtzeitig. Kurz darauf ging es auch schon los.

„Einfach spitze, dass du da bist! Einfach spitze, dass du da bist! Einfach spitze, komm wir loben Gott, den Herrn!", schallte es durch den Raum.

Begleitet von ein paar Jugendlichen mit Gitarre und Klavier sangen die Kinder aus der Krabbelgruppe vorne eins ihrer Lieblingslieder.

„Einfach spitze, lass uns klatschen …", ging es weiter.

Rahel fand es erstens gar nicht gut, dass sie hier sein musste. Zweitens hatte sie weder Lust zu klatschen, noch zu stampfen. Aber Onkel Anton ging voll ab. Er war begeistert nach vorne zu den kleinen Kindern gelaufen und hatte ganz offensichtlich großen Spaß. Rahel lächelte wider Willen. *Er ist ein Kind, das aussieht wie ein Mann,* dachte sie und konnte nicht anders, als ihren Onkel gern zu haben.

Der Beamer warf das Bild einer kargen Landschaft an die Wand. Nur wenige kleine grüne Büsche waren zu sehen. Die meisten anderen Pflanzen waren gelb und wirkten vertrocknet. Sie verdeckten kaum den hellbraunen, sandigen Boden, auf dem sie wuchsen. ISRAEL stand in großen Buchstaben darüber. Rahel las es gerade, als Pastor Schrober auch schon nach vorne zur Kanzel ging.

„Herzlich willkommen, ihr Lieben! Wie schön, dass ihr da seid! Das Thema unseres heutigen Familiengottesdienstes lautet Freundschaft. Und ich möchte euch heute von einer Freundin erzählen, einer der besten Freundinnen, die in der Bibel vorkommt. Vielleicht die beste Freundin überhaupt."

Mist! Rahel schossen fast die Tränen in die Augen. Sie hatte schon länger nicht an ihre beiden Freundinnen in Dortmund gedacht. Trotz Einladung war immer noch keine zu ihr gekommen. Es hatte terminlich einfach nicht gepasst mit Umzug und Schulbeginn. Die Nachrichten, Bilder und Filmchen, die man sich per Handy hin und her schickte, waren schön, aber nicht dasselbe wie ein echtes Treffen. Sie schluckte und klimperte mit den Augenlidern. Sie hatte keinen wirklichen Platz mehr im Leben ihrer Freundinnen. So schnell ging das ... Die nächsten Worte, Termine und das Gebet rauschten an ihr vorbei. Dann hatte sie sich gefangen. Als der Pastor vorne etwas von komischen Namen sagte, hörte sie wieder zu.

„Dieser Mann mit dem seltsamen Namen hieß Elimelech und seine Frau Naemi. Und ich habe auch schon gesehen, dass die beiden heute wohl hier unter uns sind."

Na super! Rahel rutschte tiefer auf ihrem Sitz. Aber da standen schon Mama und Onkel Anton auf. Glück gehabt! Die waren wohl eingeweiht. Beide Schauspieler bekamen vom Pastor einfache Kostüme, damit sie wie Menschen in Israel vor ein paar tausend Jahren aussahen.

„Und die beiden hatten zwei Söhne, die hatten auch komische Namen, sie hießen Machlon und Kiljon", erzählte Pastor Schrober weiter, als Mama und ihr Schwager in die weiten, sackähnlichen Kleider geschlüpft waren und sich Tücher um die Taillen gebunden hatten. „So, ihr beiden, ihr dürft euch eure Söhne selber aussuchen, liebe Naemi und lieber Elimelech."

Mama und Anton wählten zwei der größeren Vorschulkinder, die ebenfalls lange Kleider anziehen mussten, zu ihren Kindern. Anton lachte dabei vor sich hin.

„Ja, und da es damals noch keinen Friseur gab, habt ihr alle lange Haare", erzählte der Pastor.

Die Gemeinde lachte, als er dunkle Perücken aus einer Kiste holte und sie den drei Männern aufsetzte. Mama hatte sowieso lange Haare. Heute trug sie sie offen.

„Bin ich schick?!“, fragte Anton grinsend.

„Sehr schick“, bestätigte Herr Schrober.

„Diese Familie wohnte in Israel, das seht ihr hier auf dem Bild.“

Er zeigte jetzt auf die Projektion an der Wand.

„Aber leider passierte dort etwas sehr Schlimmes. Wer weiß, was das war?“

„Eine Hungersnot!“, brüllte die Oma neben Rahel, bevor irgendein Kind auf die Frage des Pastors antworten konnte.

Erschrocken zuckte das Mädchen zusammen.

„Genau!“, griff der Pastor das Stichwort auf. „Eine Hungersnot! Das heißt, die Menschen in Israel hatten nichts zu essen. Alles, was sie geerntet hatten, war bereits aufgebraucht, und nirgendwo in Israel konnte man etwas kaufen. Das ist schlimm, wenn der Magen so knurrt, weil er leer ist! Und da beschlossen Elimelech und Naemi, in ein anderes Land zu ziehen. Dorthin, wo es noch Brot gab. Wo war das?“

„Nach Moab!“, brüllte die Oma wieder.

Diesmal hatte Rahel mit der Bibelkenntnis ihrer Nachbarin gerechnet. Außerdem war sie einen Sitzplatz weiter nach links gerückt und hatte das Schild entdeckt, dass an der Lampe über dem Notausgang hing.

„Richtig!“, sagte Herr Schrober. „Dann wandert mal nach Moab aus.“

Gehorsam bewegten sich die Schauspieler in Richtung Fluchttür.

„In Moab lebten die vier eine Weile glücklich, bis leider wieder etwas Schlimmes passierte. In dem fremden Land, weit weg von Israel, da starb Elimelech, Naemis Mann“, erzählte der Pfarrer, bevor die Oma wieder losbrüllen konnte. „Die Familie war natürlich sehr traurig.“

Mama, Onkel Anton und die beiden Kinder hielten sich die Hände vor das Gesicht und taten so, als ob sie weinten.

„Anton, du bist leider raus", sagte Herr Schrober.

„Ich bin tot", sagte Anton und lachte dröhnend. „T... tot bin ich!"

Er zog sich das Kostüm über den Kopf und riss die Perücke mit. Die Gemeinde kicherte, aber nur leise.

„Ja, aber nicht lachen, Anton! Der Tod ist eine ernste Angelegenheit", ermahnte der Pastor gutmütig. Papas Bruder marschierte stumm in die letzte Bank und setzte sich auf Rahels alten Platz, neben die bibelfeste Oma.

„Aber dann wurde es wieder fröhlich in Naemis Leben. Ihre Söhne wurden groß und heirateten in Moab. Naemi bekam zwei Schwiegertöchter. Die eine hieß Orpa und die andere Ruth. Ja, Machlon und Kiljon, sucht euch jeder eine Frau!", meinte der Pastor und schaute die Vorschulkinder an. Die Angesprochenen hießen aber Noah und Jona und reagierten deshalb nicht.

„Ihr dürft euch jeder eine Frau suchen, holt einfach jemanden nach vorne!", musste Herr Schrober genauer erklären, dann erst zogen die beiden los. Rahel hatte gerade wieder nicht aufgepasst. Sie sah erst hoch, als Noah an ihrer Hand zog.

„Es gab ein großes Fest", freute sich der Pastor. „Komm nach vorne, Rahel, keine Angst, wir feiern nur."

Widerstrebend gab sie nach und ließ sich von dem Kleinen nach vorne ziehen. Auch Rahel bekam ein Sackkleid. Es war rot. Sie hasste Rot. Ihre Lieblingsfarbe war Blau.

„So, jetzt schaut einmal alle glücklich. So eine Hochzeit ist ein fröhliches Fest. Viele Tage wurde gefeiert."

Rahel zog einen Mundwinkel nach oben. Mehr Fröhlichkeit hatte sie nicht zu bieten.

„Aber dann passierte wieder etwas Schlimmes in Naemis Leben", fuhr Herr Schrober fort.

Der Mundwinkel ging wieder nach unten. Als hätte sie es geahnt.

„Vielleicht war es das Schlimmste für Naemi. Ihre beiden Söhne wurden auch krank und starben, genau wie auch schon ihr Mann. Und alle waren wieder sehr traurig."

Die Schauspieler trauerten, nur Rahel guckte genau wie vorher.

„Ihr zwei dürft euch jetzt auch wieder hinsetzen", sagte der Pastor zu Noah und Jona.

Grinsend und im Kostüm nahmen die beiden wieder bei den Kindern Platz. Nur die Perücken rissen sie sich ab.

„Jetzt war Naemi ganz allein in einem fremden Land. Wer würde einmal für sie sorgen? Da hörte sie, dass es in Israel inzwischen wieder etwas zu essen gab, und beschloss, zurück in ihre Heimat zu gehen. Orpa und Ruth brachen mit ihr auf und begleiteten ihre Schwiegermutter."

Mama, Rahel und das andere Mädchen bewegten sich in Richtung karge Landschaft.

„Aber!", rief der Pastor plötzlich, und Rahel blieb erschrocken stehen. „Naemi sagte zu ihren Schwiegertöchtern …"

Jetzt drückte der Pastor Mama ein Mikrofon in die Hand. Und Mama-Naemi sagte ihren Text auf:

„Kehret um, meine Töchter. Gehet zurück zu euren Müttern. Der Herr tue euch Gutes, wie ihr es an den Verstorbenen getan habt."

Mama umarmte ihre beiden Töchter, als wenn sie sich von ihnen verabschieden würde.

„Da weinten die beiden und sagten: ‚Nein, wir wollen mit dir zu deinem Volk gehen'", erzählte Herr Schrober weiter und forderte dann die Schauspieler auf: „Ja, jetzt weint einmal."

Rahel und das andere Mädchen taten ihm den Gefallen.

„Ja, gut macht ihr das!"

„Kehret um, meine Töchter", sagte Mama wieder in das Mikrofon. „Ich bin zu alt, um neue Söhne zu bekommen. Ihr aber seid jung genug, um noch einmal zu heiraten. Geht zurück."

„Da weinten die Schwiegertöchter noch mehr. Mal sehen, ob ihr das Weinen von gerade noch steigern könnt“, zog Herr Schrober sie auf, aber Rahel machte nicht mit. Sie guckte genervt und fragte sich, ob der Pastor nicht besser Schauspieler geworden wäre. Sie stellte ihn sich auf einer Theaterbühne vor. „Orpa verabschiedete sich unter Tränen von ihrer Schwiegermutter und ging zurück …“, sagte er. Rahel überlegte noch, ob sie Ruth oder Orpa war, da wanderte das andere Mädchen schon Richtung Tür, nach Moab. Na prima!

„Aber Ruth wollte nicht gehen“, erzählte Herr Schrober weiter. „Selbst als Naemi sie zum dritten Mal aufforderte ...“

„Sieh, Orpa ist umgekehrt zu ihrem Volk und zu ihren Göttern, geh du doch auch deiner Schwägerin nach!“, sagte Mama-Naemi.

„Da antwortete Ruth …“

Oh Schreck! Jetzt bekam Rahel das Mikrofon, und Pastor Schrober deutete nach vorne zur Wand. Dort war nicht mehr das Foto von Israel zu sehen, sondern ein Text aus der Bibel. Offensichtlich sollte sie ihn vorlesen. Rahels Mund war auf einmal ganz trocken. Sie blinzelte mit den Augen. Das helle Licht des Beamers blendete etwas. Trotzdem las sie vor.

„Dringe nicht in mich, dass ich dich verlassen und mich von dir abwenden soll! Denn wo du hingehst, da will ich auch hingehen, und wo du bleibst, da will ich auch bleiben; dein Volk ist mein Volk, und dein Gott ist mein Gott! Wo du stirbst, da sterbe auch ich, und dort will ich begraben werden …“

„Danke“, sagte Pastor Schrober und nahm Rahel das Mikrofon ab. „Hier endet für heute die Geschichte.“

Unter Applaus flüchtete sie zurück auf ihren Platz neben Anton.

„Ruth hat ihre Schwiegermutter nach Israel begleitet. Sie ist bei ihr geblieben. Ein echter Freund geht an unserer Seite und bleibt. Er bleibt, auch wenn andere uns verlassen. Das können wir von Ruth lernen."

Herr Schrober legte das Mikrofon zur Seite und stieg auf die Kanzel. Das leicht erhöhte Rednerpult aus Eichenholz war der Platz, an dem er immer die Predigt hielt. Für eine lange Predigt war heute aber keine Zeit mehr.

„Ja, Ruth war eine gute Freundin für ihre Schwiegermutter. Ihr Name bedeutet auf Hebräisch sogar ‚Freundin' oder ‚Begleiterin'. Aber wer ist denn der allerbeste Freund, der uns in der Bibel vorgestellt wird?", fragte der Pastor.

„Jesus!", riefen alle Kinder.

„Je… Jesus ist das!", stimmte Onkel Anton mit ein.

„Ja, genau", freute sich Pastor Schrober. „Jesus ist der beste Freund. Und warum ist er das? Nun, er liebt uns noch viel mehr, als Ruth ihre Schwiegermutter liebte. Noch mehr, als Eltern ihre Kinder und Kinder ihre Eltern lieben. Mehr als Jona und Noah ihre Eltern lieben, oder?"

Der Pastor drehte sich nach rechts, wo die beiden Vorschulkinder saßen. Die beiden nickten brav.

„Auch Jesus möchte gerne mit uns gehen, egal, wo wir hingehen müssen. Er möchte bei uns, in unserem Leben bleiben für immer, aber nur, wenn wir das auch wollen. Er drängt sich niemandem auf, der ihn nicht dabeihaben will. Und er hat diese Liebe bewiesen, indem er gestorben ist."

„A… Am Kreuz!", sagte Onkel Anton zu seiner Nichte neben ihm. „Am Kreuz ist der gestorben."

Als wenn Rahel das nicht zu genau wüsste.

„Jesus sagt nicht nur wie Ruth zu Naemi: ‚Wo du stirbst, das sterbe ich auch.' Nein, er ist bereits gestorben und zwar dort, wo unser Platz gewesen wäre, am Kreuz."

„Am … Am Kreuz, sag ich doch", flüsterte Onkel Anton.

„Psst!", machte Rahel.

„Jesus sagt uns: ‚Da, wo du hättest sterben sollen, da bin ich für dich gestorben.' Etwas Größeres gibt es nicht, als dass einer sein Leben lässt für seine Freunde."

Herr Schrober schlug seine große Bibel auf. Die Seiten raschelten beim Umblättern. Der Beamer warf jetzt an, der Pastor laut vorlas.

„Ich schließe mit einem Wort aus dem Johannesevangelium: ‚Größere Liebe hat niemand als die, dass einer sein Leben lässt für seine Freunde. Ihr seid meine Freunde, wenn ihr tut, was immer ich euch gebiete.'"

Der Pastor klappte seine Bibel geräuschvoll zu, als wolle er damit ein Ausrufezeichen hinter das Gesagte setzen.

„Jetzt singen wir noch das Lied: ‚Welch ein Freund ist unser Jesus', während die Kollekte eingesammelt wird."

Onkel Anton sprang auf, um die Samtbeutel, in die das Geld eingeworfen wurde, an die erste Reihe auszugeben. Die Kollekte war jeden Sonntag seine Aufgabe, die er gewissenhaft und stolz erfüllte.

„Welch ein Freund ist unser Jesus, o wie hoch ist er erhöht! Er hat uns mit Gott versöhnet und vertritt uns im Gebet", sang die Gemeinde.

Das Lied war viel zu schnell gesungen, und der Junge, der auf dem Cajón saß, schlug einen völlig falschen Takt. Trotzdem hämmerte er die Worte in Rahels Kopf.

„Wer mag sagen und ermessen, wie viel Heil verloren geht, wenn wir nicht zu ihm uns wenden, und ihn suchen im Gebet!"

Die Beutel mit dem Geld wanderten durch die Reihen, und Anton passte auf, um sie am Ende wieder einzusammeln. Ein Ende war diesmal Rahel.

„Wenn des Feindes Macht uns drohet und manch Sturm rings um uns weht, brauchen wir uns nicht zu fürchten, steh'n wir gläubig im Gebet. Da erweist sich Jesu Treue, wie er uns zur Seite steht, als ein mächtiger Erretter, der erhört ein ernst Gebet."

Es war eins von Mamas Lieblingsliedern. Rahel kannte es von klein auf.

„Hier … hier, tu mal was rein!"

Onkel Anton hielt Rahel den Beutel unter die Nase. Sie wich zurück.

„Da … da, schön auffüllen … bis … bis obenhin, ganz voll, randvoll!", verlangte Anton grinsend.

Rahel kramte in der Hosentasche nach ihrem Geldstück und warf es hinein, damit ihr Onkel Ruhe gab, bevor sich noch alle zu ihnen umdrehten.

SCHLAFLOS IN BREHL

In der Nacht auf Montag konnte Rahel nicht schlafen. Als wenn es nicht genug wäre, dass die Worte des letzten Liedes immer noch in ihrem Kopf herumspukten, schallte dazu auch noch Onkel Antons Schnarchen durch das ganze Haus. Selbst ihre Matratze vibrierte. Wenn sie nicht alles täuschte, klirrten sogar die Fensterscheiben! Sie rollte sich auf den Bauch, vergrub den Kopf unter dem Kissen und legte die Arme darüber. Vergeblich! Es gab kein Entkommen ... Stöhnend warf sie das Kissen zur Seite, drehte sich wieder auf den Rücken und starrte an die Decke. Papas Bruder sägte schlafend einen ganzen Wald ab. Ohne Pause. Bestimmt träumte er vom Holzverkauf und sortierte Scheite in die üblichen Verkaufskörbe für zehn Euro.

Für 'nen Zehner, Rahel, für 'nen Zehner. Haste gehört?! Für 'nen Zehner verkauf ich das!

Noch jetzt in der Nacht schien sie seine Stimme zu hören, mit der er von seiner Verkaufsstrategie erzählte. Natürlich wusste Rahel das alles längst. Seit sie denken konnte, kamen ab Herbst fast jeden Tag irgendwelche Kunden auf den Hof und holten sich ihr Brennholz für den heimischen Kamin. Aber diese ständigen Wiederholungen gehörten zu Onkel

Anton wie der Regen in die Eifel. Jetzt allerdings regnete es nicht. Es regnete überhaupt überraschend wenig in Brehl. Schade, Regenrauschen hätte sie vielleicht beruhigt! Das Schnarchen dagegen machte sie wütend. Diese ätzende Stille ringsum war wie ein Lautsprecher, aus dem ihr Onkel umso lauter tönte. Sie seufzte. In Dortmund gab es viel mehr Geräusche. Hupende Autos und tuckernde Busse, die quietschende S-Bahn, grölende Fußballfans, singende und streitende Menschen und ab und zu ein trötender Zug. Sie vermisste die Musik der Stadt. Hier rief höchstens ab und zu mal eine Eule oder was für ein Vogel das auch war. Wie sollte man da schlafen?

Und morgen in der ersten Stunde Englisch!, fiel es Rahel plötzlich ein. Und sie hatte die Hausaufgaben immer noch nicht fertig, obwohl Tabea längst geantwortet hatte. Allerdings nicht so wie erwartet. Das Leben war unfair und große Schwestern manchmal auch.

Es hatte keinen Zweck. Sie warf die Decke zurück und setzte sich auf. Ob sie demnächst einfach in ihrem roten Bus im Wald schlafen sollte? Opa hatte die Bänke im Auto nicht nur so umgesetzt, dass man sich jetzt gegenüber saß, sondern man konnte eine davon auch über den Tisch in der Mitte ausklappen und so zu einem Bett für zwei Leute umfunktionieren. An den Fenstern hatte er bunte Vorhänge angebracht. Keine Farbe gab es zweimal. In dem großen Kofferraum, der eigentlich eine Ladefläche war, standen ein Wasserspender mit großem Tank und ein kleiner Vorratsschrank mit Grundnahrungsmitteln wie Chips, Kakao und Schokolade. Ein Campingkocher, Geschirr, ein paar Decken und Spiele vervollständigten die Ausstattung. Hinter dem Bus hatte Opa sogar ein Häuschen mit Campingklo aufgestellt.

Rahel stand auf und griff nach ihrem Wärmemantel. Oma hatte ihn ihr für die Wettkämpfe genäht, an denen sie ab und zu teilgenommen hatte. Zwischen den Sprüngen hielt er warm. Er war rosa von außen und weich und weiß von innen. *Oma kann gut nähen. Konnte gut nähen,* korrigierte sie sich schnell.

Oma fehlte. Ihnen allen fehlte sie, besonders natürlich Opa. Nur Onkel Anton fragte nie nach seiner Mutter. Er sprach selten von ihr. Ob die Erinnerung zu schmerzhaft war und er sie deshalb in seinem Gedächtnis verschloss, konnte man seinem Gesicht nicht ansehen. Es war meistens ausdruckslos. Vielleicht begriff er auch einfach nicht, warum und wohin sie gegangen war. Wer konnte das schon begreifen? Ihre Krankheit dagegen war ihm nahegegangen. Ständig hatte er gefragt, wann sie denn wieder gesund würde. Auch noch, als Rahel und Silas längst ahnten, dass sie nie mehr gesund würde.

Rahel verließ ihr Zimmer und machte sich auf den Weg in die Küche. Im Schein der trüben Lampe, die auch nachts an war, las sie die frommen Sprüche an der Wand. Meine Güte, man konnte es wirklich übertreiben mit der Religion! Früher war sie ja gerne in den Gottesdienst mitgegangen. Die Kinderstunde oder den KiGo, den Kindergottesdienst, wie es auch hieß, hatte sie geliebt. Sie hatten Geschichten gehört, gesungen und zusammen gebastelt oder gespielt. Die Zeit war immer schnell rumgegangen. Aber jetzt, seit sie bei den Erwachsenen sitzen musste, konnte sie dem Ganzen nicht mehr viel abgewinnen. Die Predigt war viel zu lang und sagte ihr nichts. Ihre Gedanken schweiften meistens ab. Silas war da anders …

Rahel ging in die Küche. Sie goss sich ein Glas Milch ein und erwärmte es in der Mikrowelle. Dann holte sie die Cookie-Packung aus dem Schrank, die Tabea ihnen geschickt hatte. Seit 400 Jahren gab es für amerikanische Kinder nachmittags Milch und Kekse als Zwischenmahlzeit. Jedenfalls, wenn sie ihrer großen Schwester glauben konnte. *Nun denn!,* dachte

Rahel und biss in den Keks. Schließlich war es jetzt in Amerika fast noch Nachmittag.

Sie ging ins Wohnzimmer und zog vorsichtig den Rollladen hoch, damit sie hinaus in die Nacht gucken konnte. Dann setzte sie sich in Omas alten Schaukelstuhl und zog die Füße an. Sie nippte an ihrer heißen Milch und starrte ins Mondlicht. Die Nacht sah mild aus. Das Mädchen schaute hinüber zum Nachbarhaus. Tatsächlich tauchten jetzt öfter Streifenwagen in ihrem Viertel auf. Aber im Moment war keiner zu sehen. Wenn das Herr Passlack wüsste! Rahel grinste wider Willen. Am späten Sonntagabend hatte ihr Nachbar noch einmal geklingelt. Er war so aufgeregt und wütend gewesen, dass sie ihn bis in ihr Zimmer hatte hören können.

„Kann die Polizei mein Eigentum nicht besser beschützen?", hatte er sich bei Opa Peter und Papa beschwert, als wenn die etwas dafür könnten.

Papa hatte ihn hereingebeten. Rahel hatte erst nicht verstanden, worum es überhaupt ging, da die Männer sofort im Wohnzimmer verschwunden waren. Aber als der Nachbar wieder ging, hatte sie mitbekommen, dass irgendjemand Herrn Passlacks Auto zerkratzt und zwei Reifen zerstochen hatte.

„Offensichtlich hat es doch einer auf mich abgesehen!", hatte er lauthals geschimpft. „Gleich zwei Reifen! Ich hatte doch nur einen Ersatzreifen! Jetzt konnte ich noch mal die Winterreifen aufziehen!"

Der Nachbar war ganz verschwitzt gewesen und hatte schlecht ausgesehen, als er endlich wieder gegangen war. Offenbar hatte das Reifenwechseln ihn sehr angestrengt. Die ganze Zeit waren Papa und Opa freundlich zu ihm gewesen, was Rahel bewundert hatte, auch wenn sie es nicht verstand.

Plötzlich stutzte das Mädchen und kniff die Augen zusammen. Drüben im Garten der Passlacks bewegten sich die Büsche! Nicht gleichzeitig, sondern nacheinander, mit kurzen Pausen dazwischen. Das war ganz bestimmt kein Wind! Rahel hielt den Schaukelstuhl an und beugte sich vor. Da! Eine schlanke, dunkle Gestalt kam aus der Hecke und schlich durch den Garten auf das Haus ihrer Nachbarn zu. Ganz langsam schob sie sich näher und duckte sich dann in den Schatten des Gebäudes. Das war doch wohl nicht wahr! Schon wieder ein Einbrecher? Oder war es womöglich Herr Passlack selbst, der da draußen herumschlich, um nach dem Rechten zu sehen? Rahel stand auf und stellte sich an die lange Fensterscheibe der Terrassentür. Sie war sich sicher, dass sie selbst nicht gesehen werden konnte, denn sie hatte kein Licht angemacht. Die Gestalt hob etwas vom Boden auf. Sie konnte zwar nicht erkennen, was es war, aber sie konnte hören, dass kurz darauf eine Glasscheibe klirrte. Der Schattenmensch musste etwas in die Fensterscheibe geworfen haben! Rahel hielt die Luft an und starrte auf das Haus, in dem jetzt das Licht anging.

Da legte sich eine warme Hand auf Rahels Schulter. Sie stieß einen erstickten Schrei aus und knallte mit dem Kopf an die Terrassentür. Dann fuhr sie herum und sah Silas ins Gesicht. Ihre Nasen berührten sich fast.

„Sag mal, spinnst du? Ich hätte tot sein können!"

Silas wich zurück und hob die Hände.

„Tut mir leid! Ich wollte dich nicht erschrecken. Was machst du denn hier mitten in der Nacht?"

„Das solltest du lieber den da fragen!", gab Rahel nun leise zurück und rieb sich die Stirn.

Sie hatte sich bereits wieder umgedreht, und in dem Moment sah auch Silas einen Schatten durch den Garten der Nachbarn huschen. Jetzt verschwand er in der Hecke. Büsche bewegten sich, und dann konnte man nur noch ahnen, wohin der Täter lief. Das Mondlicht war nicht hell genug, und im

Wald standen keine Laternen. „Weg ist er. Ich wette, das war derselbe wie Dienstag.“

„Und derselbe, der die Reifen zerstochen und den Lack zerkratzt hat“, ergänzte Silas.

„Ganz deiner Meinung“, stimmte sie ihrem Bruder zu.

„Schön, dass wir mal einer Meinung sind“, freute sich Silas.

Rahel antwortete nicht. Sie schaute zum Hauseingang der Passlacks. Ein Mann stürzte heraus und fuchtelte mit den Armen in der Luft herum. Er rannte in den seitlichen Garten, dahin, wo sich die zersplitterte Fensterscheibe befand. Er rief etwas und reckte drohend die Faust. Eine andere Gestalt schaute aus dem Fenster und sprach auf den Mann draußen ein. Es war Frau Passlack. Aber ihr Mann ließ sich nicht beruhigen.

„Sollten wir nicht besser die Polizei rufen?“, fiel es Silas plötzlich ein.

„Das haben die bestimmt selbst schon gemacht“, wehrte Rahel ab. „Also, ich hätte es jedenfalls längst gemacht.“

„Wenn die aber vielleicht zu aufgeregt dazu sind?“

„Er vielleicht.“ Rahel zeigte auf Herrn Passlack. „Aber die anderen beiden nicht.“

„Stimmt.“

Gerade kam Moritz aus dem Haus und ging ganz ruhig auf seinen Vater zu. Er fasste ihn am Arm. Erst schüttelte Herr Passlack die Hand ab, die ihn beruhigen wollte, aber dann lehnte er sich auf einmal an die Hauswand und ließ die Arme sinken. Er drehte sich zu Moritz um und fasste seinen Arm. Auf seinen Sohn gestützt ging er zurück zum Eingang. Seine Frau kam im Schlafanzug heraus. Herr Passlack stolperte die Treppenstufen herauf und verschwand im Haus.

„Auweia! Die schlafen so schnell heute nicht mehr“, meinte Silas. „Die Armen!“

„Diesmal kriegen die den auch nicht“, meinte Rahel ungerührt zu ihrem Bruder. „Der ist längst über alle Berge.“

„Wahrscheinlich hast du recht. Warten wir trotzdem, bis die Polizei kommt?“

Rahel zog den Mantel fester um sich. Sie hatte auf einmal kalte Füße und sah sich nach ihren Hausschuhen um. Da waren sie! Genau vor dem Schaukelstuhl. Sie spürte erst jetzt, dass sie barfuß auf den Fliesen stand. Silas hatte einen Bademantel an. Seine Haare standen nach allen Seiten ab. Rahel musste lachen. Sie waren ein schönes Pärchen! Ein Eiszapfen im Wärmemantel und ein Strubbelkopf, der gerade so herzhaft gähnte, dass sie seine Mandeln sehen konnte. Kichernd setzte sie sich wieder in den Schaukelstuhl und nahm ihre Füße in die Hände, um sie warm zu reiben.

„Klar warten wir, wenn hier schon mal was passiert!“

„Bist du gar nicht müde?“, fragte Silas.

Seine Schwester schüttelte den Kopf und lauschte. Irgendetwas war anders als gerade eben noch. Auch Silas horchte auf und kam diesmal als Erster darauf.

„Onkel Antons Schnarchen hat aufgehört!“, sagte er überrascht und sah Rahel an.

„Dass ich das noch erleben darf ...“, meinte sie.

Für kurze Zeit war es tatsächlich still im Haus. Dann näherte sich ein anderes Geräusch. Die Geschwister erkannten es sofort.

„Ein Martinshorn“, sagte Rahel. „Und so schnell!“

„Die Polizei, dein Freund und Helfer.“

Silas gähnte noch einmal und steckte Rahel damit an. Auf einmal wurde sie doch wieder müde. Das Signalhorn wurde immer lauter, und bei Passlacks ging die Tür auf. Doch das Auto, das vor ihrem Haus hielt, war kein Polizeiauto. Es war ein Rettungswagen. Die Rettungsassistenten sprangen heraus und liefen durch die offene Tür ins Haus. Als ein wenig später auch der Notarzt eintraf, holten die Sanitäter eine Krankentrage. Jetzt war auch Rahel nicht mehr nach Scherzen zumute. Stumm beobachteten die Geschwister, wie Herr Passlack angeschnallt auf einer Trage in den Rettungswagen gehoben wurde. Seine Frau, die jetzt angezogen war, stieg auch hinten durch die Doppeltür ein. Moritz stand einsam vor dem Haus und starrte den davonfahrenden Autos hinterher. Diesmal hatten die Fahrer nur das Signallicht eingeschaltet. Es leuchtete blau durch die Nacht und spiegelte sich in der Fensterscheibe, hinter der Rahel und Silas standen. Rahel sah ihren Bruder an. Jetzt sah er aus wie ein Gespenst. Sie fröstelte. Diese Nacht würde sie bestimmt kein Auge mehr zu bekommen!

KOLUMBIEN

Fassungslos starrte Rahel Silas an, der ihr vor dem Badezimmer im Schlafanzug entgegenkam und zurück ins Bett wollte. Sie hatte schon längst ihre Jacke an, und ihre Schultasche hing über ihrer Schulter.

„Das ist nicht dein Ernst, oder? Der Bus kommt gleich", sagte sie.

„Nicht für uns. Heute ist doch Lehrerausflug. Sag bloß, du hast das vergessen?"

Silas' Augen waren halb geschlossen.

„Ich leg mich jetzt wieder hin. Habe noch ein bisschen Schlaf nachzuholen. *Hasta luego* – bis bald."

„Oh, Mann! Spar dir dein blödes Spanisch! Hättest du mich nicht heute Nacht daran erinnern können?"

Rahel stemmte die Hände in die Hüften und guckte vorwurfsvoll.

„Klar, wenn ich gewusst hätte, dass du es vergessen hast", nuschelte Silas und verschwand hinter seiner Zimmertür.

„So ein Mist!", schimpfte Rahel mit sich selbst. „Ich hätte mir überhaupt keinen Wecker stellen müssen!"

Sie war zwar doch wieder eingeschlafen, aber erst gegen 3 Uhr. Entsprechend schläfrig fühlte sie sich. Aber auch ihr

Magen meldete sich, und wenn sie nun schon einmal wach war, konnte sie auch mit Opa und Anton frühstücken. Mama würde bestimmt sowieso gleich von drüben rüberkommen und durch den Flur rufen.

„Die hat schlechte Laune!“, stellte Onkel Anton fest, als er Rahels Gesicht sah. Er hatte ein feines Gespür für Stimmungen. Zwar konnte er nicht alle immer richtig benennen, aber diesmal hatte er recht. „Schlechte Laune“, grinste Papas Bruder, als sei schlechte Laune lustig. Dann versteckte er sein Grinsen hinter der linken Hand.

„Guten Morgen“, grüßte Rahel mürrisch. „Ich habe kaum geschlafen und dann auch noch vergessen, dass heute schulfrei ist.“

Frustriert ließ sie sich auf die Eckbank in der Küche fallen.

„Kann passieren“, sagte Opa achselzuckend. „Guten Morgen, trotzdem. Komm, ich mache dir einen Kaffee mit viel Milch. Ausnahmsweise.“

„Danke“, gähnte Rahel und rutschte weiter in die Ecke. Dann griff sie nach einem Müslischälchen und schaufelte sich Haferflocken und kleingeschnittenes Obst hinein. „Opa, heute Nacht war wieder jemand bei Passlacks im Garten. Diesmal hat er eine Fensterscheibe eingeworfen. Herr Passlack ist draußen rumgerannt, und dann kam irgendwann der Krankenwagen.“

„Rettungswagen“, korrigierte Opa automatisch, während er die warme Milch für seine Enkelin aufschäumte. „Und woher weißt du das? Hast du etwa nachts auf der Lauer gelegen?“, fragte er, ohne sich umzudrehen.

„Auf … auf der Lauer?“, wiederholte Anton und goss Milch auf sein Obst. „Sitzt 'ne kleine Wanze.“

„Zufall. Ich konnte nicht schlafen. Und Silas kam auch runter.“

Rahel wartete, bis ihr Onkel genug Milch hatte. Von seinem Schnarchen erzählte sie nichts. Opa nickte. Er wusste sofort, von wo aus sie alles beobachtet hatte. Rahel war schon als kleines Kind manchmal nur im Schaukelstuhl eingeschlafen. Erst auf Omas Schoß, später dann allein.

„Deswegen war heute Morgen der Rollladen schon oben."

„Ja, genau."

„Und was machst du nun den ganzen Tag?", fragte Opa und reichte Rahel den dampfenden Milchkaffee.

„'n Referat!", sagte Onkel Anton.

Sein Tonfall lag auf der Skala zwischen freundlich – 1 – und schadenfroh – 10 – bei 8. Sonst tendierte sein Humor eher in Richtung Freundlichkeit. Rahel stöhnte und fasste sich an die Stirn. Ihr Onkel hatte recht. Das Erdkundereferat! Das hatte sie auch total vergessen. Aber er nicht, obwohl er gar nichts damit zu tun hatte. Anton war nur mit im Schreibwarengeschäft gewesen, als sie vor zwei Wochen den Tonkarton für ihr Plakat gekauft hatte. Doch bei solchen Kleinigkeiten hatte er ein Gedächtnis wie ein Elefant.

„Wann musst du es halten?", fragte Opa.

„Morgen", sagte Rahel wütend auf sich selbst und kniff die Lippen zusammen.

„Oh, oh!", machte Onkel Anton.

Opa rührte in seinem Kaffee. Dann sah er hoch und lächelte seine Enkelin an.

„Nun, so wie ich das sehe, hast du die Wahl. Entweder ärgerst du dich weiter darüber, dass du so vergesslich bist, oder du freust dich, dass du jetzt nicht nur einen halben, sondern einen ganzen Tag Zeit hast, um deine Hausaufgaben zu machen."

„Ja, ja", brummte Rahel. Opa dachte oft entsetzlich praktisch.

„Worüber geht denn das Referat? Vielleicht kannst du meine Lexika benutzen."

„Ko... Ko... Kolumbien", sagte Onkel Anton. „Ü... über Kolumbien geht das."

Selbst das wusste er noch!

„Oh, da findest du bestimmt was in meinem Brockhaus", sagte Opa.

Ja, dachte Rahel, *da werde ich wohl nachgucken müssen. In Dortmund hatte man keine Lexika nötig, da gab es funktionierendes Internet.* Sie nickte aber nur und pustete auf ihren Kaffee.

In diesem Moment kam Frau Schmickler ins Haus.

„Hu-huh! Guten Morgen zusammen!", grüßte Mama schon vom Flur aus und in gnadenlos guter Laune. Sie kam direkt in die Küche und platzte noch im Stehen mit der Neuigkeit heraus.

„Frau Passlack hat mich gerade angerufen. Ihr Mann hatte einen Herzinfarkt und musste gestern Nacht ins Krankenhaus gebracht werden. Sie fährt jetzt erst zur Arbeit und dann direkt zu ihrem Mann. Andere dürfen ihn vorerst nicht besuchen." Mama holte kurz Luft, dann ging es weiter: „Rahel, ruf du doch gleich mal bitte bei Moritz an und frag, ob er zum Mittagessen zu uns kommen will. Ihr habt doch alle heute frei."

Erst nachdem sie ihrer Tochter den ersten Auftrag für heute erteilt hatte, nahm sie sich eine Tasse Kaffee und setzte sich zu ihnen. Rahel verzog das Gesicht und nickte. Na super! Außer ihr hatte hier wohl fast jeder an den Lehrerausflug gedacht. *Und dann wird auch noch Moritz bei uns hocken,* dachte sie. Andererseits tat ihr der Nachbarssohn auch irgendwie leid. Deswegen protestierte sie nicht, sondern löffelte stumm ihr Müsli aus und stand auf. Sie wollte so schnell wie möglich mit der Arbeit anfangen, solange sie noch einigermaßen klar im Kopf war. Opa konnte Mama von heute Nacht erzählen, wenn er wollte.

„Ich gehe dann an meinen Schreibtisch", sagte sie, nachdem sie die Müslischüssel in die Spülmaschine gestellt hatte. „Bist du drüben im Haus?"

„Ja, ich mache diese Woche mit dem Badezimmer weiter. Übernächsten Samstag könnt ihr dann alle helfen. Wir müssen eine kleine Wand einreißen und mit Opa die Badewanne ausbauen. Ich will sie durch eine Dusche ersetzen. Das ist praktischer in dem kleinen Bad. Den Installateur und den Elektriker habe ich schon organisiert."

„Cool!", warf Rahel ein.

„Das ist dann das Letzte, was noch so viel Dreck macht. Einen Tag vorher klebe ich alles ab, damit die unteren Räume nicht zu sehr vollstauben. Dann steht noch der Fliesenleger auf meiner To-do-Liste. Er wollte mir verschiedene Muster zeigen. Ich werde heute eine Weile mit dem Auto unterwegs sein.

„Okay. Ich bin oben und recherchiere im Internet."

„Für Kolumbien?", fragte Anton und kicherte.

„Ja, genau", bestätigte Rahel genervt.

Sie ging in ihr Zimmer und fuhr den Computer hoch. Eigentlich mochte sie Erdkunde, und Südamerika war ein spannendes Thema. Die Welt sah dort so anders aus. Jeder Schüler musste eins der Länder vorstellen, wobei alle 13 mindestens doppelt vergeben waren. Das Mädchen gab Kolumbien in die Suchleiste ein. Na, wenigstens funktionierte heute das Internet! Als Erstes kamen Reisetipps, dann aber schon Wikipedia. Sie klickte die Fundstelle an.

„Boah, ist das viel!", entfuhr es ihr.

Erschlagen von der Fülle an Informationen scrollte sie langsam immer weiter nach unten und spielte kurz mit dem Gedanken, eine Suchmaschine für Kinder zu benutzen. Da kam eine Karte. Karten konnte sie ziemlich gut lesen. Sie beugte sich näher an den Bildschirm und betrachtete die Zeichnung. Sehr schnell bekam sie eine Vorstellung von der Größe und Vielfalt des Landes. Kolumbien lag zwischen Venezuela und Ecuador. Es grenzte im Norden an Panama und hatte eine Atlantik- und eine Pazifikküste. Wow! Rahel hörte sich nebenbei die Nationalhymne an, die aus Trompetenklängen und Tschingderassabum bestand und wechselte schließlich doch zu blindes-huhn.de, der Kindersuchmaschine. Dort las sie, dass das Land seinen Namen zu Ehren von Christoph Kolumbus erhalten hatte, obwohl der niemals dort gewesen war. Interessant! Weiter unten überflog sie den Text zu der Überschrift: „Wovon leben die Menschen?" Auf einmal klingelte etwas in ihrem Kopf, aber sie wusste nicht, was. An irgendetwas erinnerten sie die Worte. Das Mädchen las den Text noch einmal von vorn und sich selbst laut vor:

„‚In der Landwirtschaft gibt es viel Kaffee, Bananen und Zucker. Blumen werden vor allem nach Europa verkauft. In vielen Gebieten bauen die Menschen Pflanzen für Drogen an. Das ist zwar verboten …' Halt! Kaffee, Bananen und Zucker … Pflanzen für Drogen …"

Woran erinnerte sie das bloß? Sie ließ die Seite offen und machte sich in der Küche einen Tee.

„Kaffee, Bananen und Zucker", murmelte sie vor sich hin, während der Wasserkocher heiß wurde. „Blumen und Drogen. Blumen und Drogen. Kaffee, Bananen und Zucker. Europa."

Als sie wieder an ihrem Schreibtisch saß, hatte ihr Gehirn die Informationen richtig zusammengepuzzelt.

„Das gibt's doch nicht!", rief sie und knallte aufgeregt die Tasse auf den Schreibtisch. Tee schwappte auf die Tastatur. Doch Rahel kümmerte sich nicht darum. Sie stürzte auf den Flur und riss Silas' Zimmertür auf.

„Natürlich! Bananen und Drogen! Kolumbien liefert Bananen nach Europa!"

Ihr Bruder fuhr hoch und setzte sich schlaftrunken auf.

„Kannst du nicht anklopfen?!", stöhnte er. „Ich war eben wieder eingeschlafen."

„Kolumbien!“, sagte seine Schwester nur. „Bananen und Drogen.“

„Hä?“, machte Silas und kratzte sich beidhändig am Kopf. Seine Haare sahen aus wie eine explodierte Klobürste, und er hatte Knitterfalten vom Kissen im Gesicht.

„Kolumbien liefert Bananen nach Europa, und die Menschen dort bauen Pflanzen für Drogen an.“

Silas guckte, als habe Rahel in einer Sprache geredet, die er noch nicht kannte.

„Klingelt es da bei dir nicht?“, fragte seine Schwester ungeduldig.

„Nee, es piept aber. Bei dir wohl. Kommst hier hereingeschossen und redest in Rätseln. Drück dich bitte deutlicher aus.“

„Ba-na-nen!“, sagte Rahel und betonte jede Silbe.

„Ausgerechnet Bananen?“, gähnte Silas.

Anders als in der Nacht hielt er sich diesmal die Hand vor den Mund.

„Jetzt fang du nicht auch noch an! Los, komm mit, ich zeig's dir.“

Rahel zog ihren Bruder aus dem Bett und zerrte ihn hinter sich her zu ihrem Computer. Silas gab nach. Wenn sie in dieser Stimmung war, war Rahel ohnehin nicht zu stoppen. Energisch schob sie ihn auf den Schreibtischstuhl.

„Hinsetzen! Und jetzt gib mal Kolumbien und Kokain ein“, befahl sie.

Neugierig geworden gehorchte der Junge. Der Computer arbeitete, die Fundstellen erschienen. Silas' Blick fiel auf die dritte Schlagzeile von oben:

„‚Kolumbien weiterhin weltweit größter Kokain-Hersteller!‘“, las er laut.

Der Artikel war noch kein Jahr alt. Er stutzte. Kokain? Moment, Koks?! Nein ... Plötzlich begriff er.

„Das darf doch nicht wahr sein!", sagte er. „Du meinst die Bananenkiste?"

„Genau, die Bananenkiste, die im RHEKA auf dem Boden stand, die war aus Kolumbien. Herr Passlack war total wütend und hat seinen Angestellten angeschnauzt, dass sie nicht in Ordnung wären, obwohl die Bananen super aussahen. Und dann Carusos seltsames Verhalten, als Frau Passlack mit dem Päckchen hier war. Vielleicht war da doch keine Wurst auf dem Gepäckträger. Denkst du dasselbe, was ich denke?"

„Was denkst du denn?", fragte Silas.

„Na, ist doch logisch!", erklärte Rahel. „Unser Nachbar ist ein Drogendealer. In seinem Laden lagert er Kokain in den Bananenkisten! Wir müssen nur noch rauskriegen, wie und an wen er sie weiterverkauft."

„Na klar! Es gibt nur diese Erklärung!", sagte ihr Bruder ironisch. „Mensch, Rahel! Du kannst doch nicht einfach so was behaupten. Denk doch mal richtig nach! Immer langsam!"

Doch dann wurde er plötzlich blass. Seine Lippen öffneten sich, und er schnappte nach Luft.

„Was ist?", fragte Rahel.

Silas schluckte.

„Ach, du Schande", stöhnte er. „Okay, vielleicht hast du doch recht. Ich muss dir was erzählen. Das hatte ich völlig verdrängt."

Rahel ließ sich auf ihr Bett fallen.

„Schieß los!"

Kurz und knapp fasste ihr Bruder zusammen, was er vor ein paar Tagen auf dem Jungenklo beobachtet hatte. Rahels Augen wurden immer größer. Ab und zu schüttelte sie den Kopf.

„Kraaas! Echt jetzt?", entfuhr es ihr, als Silas zu Ende erzählt hatte. „Das war tatsächlich echtes Kokain! Und Moritz hatte es von seinem Vater!"

„Das habe ich nicht gesagt!“, protestierte Silas empört. „Aber möglich wäre es.“

„Wir müssen Opa informieren!“

Rahel stand auf und ging zur Zimmertür. Doch ihr Bruder stellte sich ihr in den Weg.

„Ja, das tun wir auch. Aber erst, wenn wir mehr als eine Vermutung haben. Und davor reden wir auf jeden Fall mit Moritz selbst.“

„Warum das denn?“, brauste Rahel auf.

Silas zuckte die Schultern.

„Ich bin mir nicht sicher, aber ich hatte den Eindruck, dass er da nur in etwas hineingeschlittert ist. Vielleicht hat er noch keinen Schaden angerichtet und kommt rechtzeitig zur Vernunft“, sagte er ruhig.

Das hatte Silas auch von Mama. Er wollte immer allen helfen.

„Okay, aber dann reden wir noch heute mit ihm!“, bestimmte Rahel.

MORITZ

„Vielen Dank, Frau Schmickler, das Essen war sehr lecker!", bedankte sich Moritz höflich und schob den Teller von sich.

„Möchtest du keinen Nachschlag mehr?"

Der Nachbarsjunge schüttelte den Kopf.

„Nein, tut mir leid, aber ich schaffe nicht mehr."

„Schon gut. Ein Wunder, dass du überhaupt etwas essen konntest", sagte Hannah Schmickler und räumte die Teller ab. Moritz brachte ein schiefes Lächeln zustande.

„Ich geh dann lieber mal wieder rüber. Muss noch was für die Schule machen", verabschiedete er sich.

Rahel rutschte schnell aus dem Weg und stand von der Eckbank auf. Verstohlen musterte sie Moritz. Der sah unverschämt gut aus, selbst nach so einer Nacht! Einen Drogenhändler hatte sie sich immer anders vorgestellt. Weniger höflich. Das war wohl ein Fehler. Wahrscheinlich erkannte man die Dealer nicht immer sofort. Jedenfalls nicht die erfolgreichen.

„Bitte grüß deine Eltern von uns und bestelle deinem Vater gute Besserung. Wenn ich etwas für deine Mutter tun kann, soll sie mich anrufen. Du kannst jederzeit zum Essen rüberkommen, wenn du willst."

„Danke, das werde ich tun. Äh, ich meine grüßen. Mit dem Essen … Ich denke, Mama kocht morgen wieder selbst."

Moritz war gerade zur Tür hinaus und Rahel auf dem Weg zurück an ihren Schreibtisch, da klingelte schon der nächste Besucher. Rahel öffnete die Tür.

„Was willst du denn hier?", fragte sie nicht besonders freundlich, denn Ronny stand vor ihr. Der hatte ihr gerade noch gefehlt! Heute trug er ein anderes T-Shirt. *Menschen sind wie Mathematik,* stand darauf. Und etwas kleiner darunter: *Ich hasse Mathematik.*

„Ich dachte, Nerds mögen Mathematik", bemerkte Rahel.

Ronny sah auf sein T-Shirt und dann an Silas' Schwester vorbei in den Flur.

„Hab ich geschenkt gekriegt. Nicht jeder, der Mathe mag und in der Informatik-AG ist, ist automatisch ein Nerd." Er verschwieg, dass er nicht einmal einen eigenen Rechner besaß und daher jede freie Minute im Computerraum der Schule verbrachte. „Ist Silas da? Wir waren für heute verabredet. Bin mit dem Fahrrad gekommen."

Rahel rief nach ihrem Bruder.

„Silas! Besuch für dich."

Hoffentlich bleibt der nicht so lange, dachte sie. Wie sollten sie sonst mit Moritz sprechen?

Aber Rahel hatte ihren Bruder unterschätzt. Praktisch und kontaktfreudig, wie er war, hatte er seinen Klassenkameraden längst eingeplant.

„Hi, Ronny", sagte er. „Komm hoch, Rahel und ich müssen dir was erzählen. Es geht um Moritz."

„Hey, Moment mal!", protestierte Rahel.

Doch es war zu spät. Silas schob sie in sein Zimmer und machte die Tür zu.

„Stell dich nicht immer so an, Schwesterherz. Ronny weiß doch Bescheid. Schließlich hat Moritz ihm das Kokaintütchen verkauft. Wir können ihn gut gebrauchen."

Obwohl Silas ihn per Handy informiert hatte, dass seine Schwester von der dummen Geschichte wusste und sogar eine Idee zu der Herkunft der Drogen hatte, wurde Ronny rot.

Wow, der hat tatsächlich Blut in den Adern und keine Druckertinte, dachte Rahel, obwohl Ronny kein Nerd sein wollte. Ausnahmsweise sprach sie die spitze Bemerkung nicht aus.

„Ich hab's ihm zurückgegeben", versuchte Ronny sich rauszureden und wich dem Blick des Mädchens aus.

„Und wie hat er reagiert?", fragte Rahel, als ob es ums Wetter ginge.

„Er hat mich ausgelacht. Aber das war mir egal. Ich war nur froh, das Zeug los zu sein."

Rahel setzte sich in einen der beiden Sessel, die Silas gehörten. Sie verschränkte die Arme vor der Brust und wartete, bis Silas für Ronny die Ereignisse der letzten Nacht und Rahels Recherchen über Kolumbien zusammengefasst hatte. Er äußerte auch den Verdacht, der ihnen gekommen war.

„Wir wollen mit Moritz reden", beendete er seinen Vortrag.

„Heute noch", ergänzte Rahel knapp.

„Und ihn fragen, ob er die Drogen für seinen Vater vertickt? Puh! Ganz schön naiv!", wandte Ronny ein. „Was glaubt ihr denn, was Moritz antwortet, wenn ihr ihn so was fragt? Der wird alles abstreiten."

„Du hältst nicht viel von der Menschheit, oder?", fragte Rahel schnippisch.

„Du doch auch nicht", gab Ronny zurück.

„Hört auf", bat Silas. „So kommen wir überhaupt nicht weiter. Ihr braucht euch doch nicht sofort an die Gurgel zu springen."

Rahel und Ronny starrten sich immer noch wütend an, schwiegen aber und versuchten nachzudenken. Silas seufzte.

„Ist mir klar, Ronny, dass das nicht einfach wird, aber ich finde, Moritz hat eine Chance verdient. Wenn, und ich betone: WENN alles so ähnlich ist, wie wir vermuten, dann ist sein Vater der schlimmere Verbrecher."

„Sehe ich genauso", sagte Rahel. Allerdings zweifelte sie nicht an ihrer Theorie. Ihr war nur eine Idee gekommen. Vielleicht war es gar nicht so schlecht, dass Ronny hier aufgekreuzt war. Sie schaute zu Boden. „Ihr zwei solltet alleine zu ihm rübergehen", schlug sie vor.

„Wieso das?", fragte Silas erstaunt.

„Wenn Moritz redet, dann bestimmt nicht, wenn ein Mädchen dabei ist. Außerdem muss ich mein Referat zu Ende machen." *Und wenn ich jetzt nachgebe, ist Ronny nächstes Mal mit Nachgeben dran,* dachte sie den Satz weiter. *Falls der ab jetzt öfter hier rumhängt.*

„Sie hat recht", stimmte Ronny sofort zu.

„Zu freundlich!", sagte Rahel.

Wahrscheinlich war der Typ nur froh, sie loszuwerden, aber egal. Wenigstens war er jetzt zu etwas nutze. Rahel stand auf.

„Nun haut schon ab!", sagte sie. „Bevor ich es mir anders überlege."

Nur wenig später standen Ronny und Rahels Bruder bei Passlacks vor der Haustür. Silas klopfte das Herz bis zum Hals. Es war doch viel leichter, eine gute Idee zu haben, als sie auch in die Tat umzusetzen.

„Dann klingele ich halt", sagte Ronny und drückte ohne zu zögern auf den Knopf.

Langsam und nur einen Spaltbreit öffnete sich die Haustür. Moritz' Kopf erschien.

„Auweia", sagte Silas.

„Ach, du Schande, was ist denn mit dir passiert?", fragte Ronny.

Moritz sagte gar nichts. Sein Gesicht dagegen sprach Bände. Es war aufgeschürft und geschwollen, und der Junge hielt sich einen feuchten Waschlappen vor das linke Auge. Er musterte Ronny mit gehetztem Blick. Silas schaute er gar nicht an.

„Silas weiß Bescheid", sagte Ronny leise. „Können wir kurz reinkommen?"

Moritz zögerte mit der Antwort und blieb unentschlossen in der Tür stehen. Sein Blick sprang über Ronnys Schulter zur Wendefläche des Nachtigallenweges. Seine Augen suchten das Ende der Sackgasse ab und schauten dann nervös umher.

„Sieht aus, als steckst du in Schwierigkeiten. Wenn du willst, kannst du mit uns reden", bot Ronny an und warf ebenfalls einen Blick über seine Schulter. Er konnte nichts Verdächtiges entdecken.

„Wir könnten versuchen, dir zu helfen", schob Silas leise und vorsichtig hinterher.

Der Junge mit dem Waschlappen sah nicht so aus, als wollte er auf das Angebot eingehen. Nach Gegenwehr war ihm wohl aber auch nicht zumute. Er biss sich auf die Lippen und ließ die Türklinke los, die er bis gerade eben umklammert hatte. In dem Moment gab sein Handy einen Ton von sich. Moritz angelte es aus der Hosentasche.

„Ja?!", meldete er sich und wandte sich ab. Die Tür ließ er offen stehen. Ronny und Silas sahen sich an.

„Heißt das, wir dürfen rein?", fragte Silas.

„Klar!", bestimmte Ronny und machte einen Schritt ins Haus. Silas folgte ihm langsam und zog die Tür geräuschlos hinter sich zu. Moritz saß auf dem Sofa. Er hatte den Waschlappen vom Auge genommen und starrte auf sein Handy-Display. Sein Gespräch war offensichtlich schon beendet. Ronny pfiff vorsichtig und leise. Silas' geschultes Ohr registrierte eine Oktave rauf und eine Oktave wieder runter.

„Das gibt ein ordentliches Veilchen“, flüsterte Ronny Silas zu, jetzt auf einem Ton.

Aber Rahels Bruder beobachtete Moritz und antwortete nicht. Auch der Nachbarsjunge schien die Bemerkung nicht mitbekommen zu haben. Bis auf das blaue Auge war er kreidebleich geworden.

„Du meine Güte, was ist denn los?“, fragte Silas.

Moritz hob endlich den Blick von seinem Handy, starrte aber jetzt geradeaus.

„War dein Opa nicht Polizist?“, fragte er und meinte wohl Rahels Bruder, obwohl es so aussah, als rede er mit der Wohnzimmerwand.

Silas' Herz schlug wieder schneller, und ihm wurde warm.

„Ja, warum?“

Moritz schloss die Augen und hielt Silas sein Handy hin.

„Weil ich erpresst werde.“

Langsam griff Silas nach dem Smartphone. Er hielt das Display so, dass Ronny mitlesen konnte. Wer die Nachricht geschickte hatte, konnte man nicht sehen, denn die Rufnummer war unterdrückt. Der Inhalt dagegen war eindeutig. Die unfreundliche, in Großbuchstaben geschriebene Botschaft ließ keinen Zweifel daran, dass der Absender es ernst meinte:

ICH WEISS, WAS DU MACHST! HÖR SOFORT AUF ODER DU WIRST ES BEREUEN!

Silas schluckte. Moritz legte den Waschlappen zurück auf sein Auge.

„Das ist nicht die erste Nachricht. Und als ich von euch zurückkam, hat mir hier vor dem Haus einer aufgelauert und mich angegriffen“, erklärte er sein blaues Auge.

Silas gab Moritz das Handy zurück und presste die Lippen aufeinander. Das war ja noch schlimmer, als er gedacht hatte!

„Ach, du Kacke!", drückte es Ronny aus.

Trotz seiner Betroffenheit sah Silas missbilligend zu ihm. Er bemühte sich, keine Schimpfwörter zu benutzen.

„So ein Mist!", sagte Rahels Bruder und betonte *Mist*. *Mist* war besser, oder?

„Schätze, du bist jemandem im Weg. Hast du eine Ahnung, wer das sein könnte?", hakte Ronny nach, ohne etwas von der feinen Nuance in der Wortwahl seines Klassenkameraden zu bemerken.

Moritz schüttelte den Kopf. Mit der nächsten Frage steuerte Ronny direkt auf das Ziel zu.

„Wo hast du denn das Kokain her?"

Er traf ins Schwarze. Moritz wandte sofort den Kopf ab. Trotzdem war deutlich zu sehen, dass der Zehntklässler um seine Fassung rang. Er atmete schwer, und seine Schultern bebten leicht. Nervös fasste er sich ins Gesicht. Doch noch war Moritz nicht bereit, den kläglichen Rest von Selbstsicherheit und Coolness aufzugeben. Er antwortete nicht. Silas war sich plötzlich sicher, dass Rahel mit ihrer Theorie recht hatte, und augenblicklich tat ihm Moritz furchtbar leid. Wie konnte er ihm bloß weiterhelfen? Ronny dagegen hatte nicht vor zu helfen. Er wartete einfach ab, ob er noch eine Antwort auf seine Frage bekommen würde, und schaute sich so lange die geschmackvolle Einrichtung des Wohnzimmers an. Seine Augen streiften die weißen Ledersofas nur, verweilten dafür umso länger bei dem riesigen Flat-Screen-Fernseher, dessen Bildschirmdiagonale er auf knapp zwei Meter schätzte. Die teuren Boxen sorgten wohl rundherum für Kinosound. Nachdem er sich von der Technik losgerissen hatte, bewunderte er still den Massivholztisch, der einer Fußballmannschaft Platz geboten hätte. Mann, der sah aus, als sei er aus exotischem Holz. Wahnsinn! Eines Tages würde er auch so wohnen, schwor Ronny sich. In dem Moment stieß Silas ihn an und weckte ihn aus seinem Wunschtraum. Er rieb sich die Augen und folgte Silas' Blick. Rahels Bruder sah immer noch zu Moritz.

„Ich ... ich ...", stammelte Moritz gerade, brachte den Satz aber nicht zu Ende.

„Was denn?", fragte Ronny wenig einfühlsam.

„Ach, jetzt ist eh alles egal!", stieß Moritz plötzlich hervor und sprang vom Sofa auf.

Sein Handy fiel zu Boden. Er bückte sich schnell, um es aufzuheben, und stöhnte leise, als ihm das Blut in den Kopf schoss. Kopf runter gefiel seinem Auge gar nicht.

„Seht's euch doch selbst an", sagte er schlapp, als er sich wieder aufgerichtet hatte, und schob das Handy in die Hosentasche. Er wandte sich Richtung Kellertreppe und winkte seinen Besuchern zu, sie sollten ihm folgen. Zögernd sahen sich die beiden an, setzten sich dann aber in Bewegung. Moritz stieg mit hängenden Schultern die Stufen hinunter. Er schlurfte an der Waschküche vorbei und auch an dem Fernsehraum mit dem flauschigen Teppichboden, den sich seine Eltern im Keller eingerichtet hatten. Danach kam der Fitnessraum mit einer weiteren, nicht eben kleinen Musikanlage. Ronny verschlug es die Sprache. Noch ein Fernseher und eine Anlage! Das war gemein! Wozu brauchten drei Menschen nur so viel Platz und Technik? Und er und seine Mutter hausten auf 50 Quadratmetern unter dem Dach eines Mehrfamilienhauses, froh über den gebrauchten Fernseher aus dem Sozialkaufhaus und teilten sich ein altes Notebook. Die Welt war einfach ungerecht!

Moritz ahnte nichts von Ronnys Gedanken. Er hätte in diesem Moment nur zu gerne mit ihm getauscht. Jetzt betrat er als Erster den Fitnessraum und ging auf ein Bild zu, das an der Wand hing. Es zeigte ein paar Schafe auf einem Feldweg vor einer Brücke, umrahmt von einem kitschigen Goldrahmen mit Blumengirlande und passte überhaupt nicht in diesen modern eingerichteten Raum. Doch Silas hatte keine Zeit, weiter darüber nachzudenken, denn Moritz nahm jetzt das Bild von der Wand. Dahinter befand sich ein grauer Stahlkasten mit Schloss. „Electronic Digital Safe" stand in schwarzen Buchstaben darunter.

„Weggucken!", befahl Moritz jetzt wieder sicherer.

Sein Ton bewirkte, dass Silas und Ronny tatsächlich die Augen schlossen. Ihr Schulkamerad tippte einen Zahlencode auf dem goldenen Ziffernfeld ein. Es piepste ein paarmal. Dann drehte er an dem Plastikknopf.

„Ihr könnt wieder gucken", sagte er, als die Tür lautlos aufgesprungen war.

Moritz griff in den Safe, holte eine kleine Holzkiste heraus und hielt sie den beiden hin. Silas nahm die Kiste in Empfang. Sie war nicht schwer. Er schätzte den Inhalt auf ein oder eineinhalb Kilo, kaum mehr als eine Mehltüte. Trotzdem stellte er sie auf den Boden, als sei sie so schwer wie Blei.

„Was ist denn damit?", fragte er, unsicher, ob er den Deckel öffnen sollte.

„Sieh ruhig nach", forderte Moritz ihn auf.

Silas zögerte immer noch. Doch schließlich schlug er den Deckel hoch und wich augenblicklich zurück, als wäre die Kiste voller giftiger Klapperschlangen. Zischend zog er die Luft ein.

„Wow!", sagte Ronny dagegen und beugte sich interessiert über die Tütchen mit dem weißen Pulver. Sie sahen genauso aus wie das eine, das Moritz ihm verkauft hatte. Er schnüffelte an den Tütchen, roch aber nichts.

„Kokain", sagte Ronny, als sei er plötzlich Experte für so etwas geworden.

„Echt", bestätigte Moritz. „Ein weißes, geruchloses Pulver. Mein Vater hat es hier versteckt. Ich habe keine Ahnung, wo er den Stoff her hat. Er dagegen weiß nicht, dass ich den Safe öffnen kann."

Warum erzählt Moritz uns das?, dachte Silas kurz. *Warum ist er plötzlich so redselig?*

„Natürlich weiß Papa auch nicht, dass ich mich bedient habe", schloss Moritz.

Vielleicht hatte er wirklich Angst. Vielleicht tat es ihm aber auch nur gut, die Last des Wissens mit den anderen zu teilen. Silas sah Ronny kurz an. Der wusste wohl auch nicht mehr, was er sagen sollte. Wo war hier der Ausweg? Rahels Bruder fiel es auf einmal schwer zu atmen. Er richtete sich auf, bekam aber trotzdem nicht besser Luft. Irgendetwas schien seine Rippen zusammenzudrücken. Auch Moritz schwieg jetzt. Er hatte sich an den Türrahmen gelehnt. Alle drei starrten stumm auf die Tütchen in der Kiste. Silas kam es vor wie ein Alptraum. Gleich würde er bestimmt aufwachen und über alles lachen. Die Drogen würden sich in Luft aufgelöst haben. Als es plötzlich klingelte, schrak er zusammen. Leider war es nicht sein Wecker, sondern die Klingel oben an der Haustür. Moritz hatte es auch gehört, machte aber keine Anstalten, nach oben zu gehen und die Tür zu öffnen. Seine Augen flackerten wieder unruhig. War der Schläger zurückgekommen? Es klingelte noch einmal, jetzt dringlicher.

„Willst du nicht aufmachen?", fragte Silas.

„Hallo?! Paket!", rief jemand draußen. Man hörte die Männerstimme durch das gekippte Kellerfenster.

Obwohl es nur zwei Worte waren, die gerufen wurden, registrierte Silas einen fremdländischen Akzent. Moritz wirkte erleichtert.

„Doch ja, das ist der Paketbote. Meine Mutter hat sich was bestellt. Sie kommt aber erst heute Abend wieder, deswegen muss ich es annehmen. Wartet hier, ich bin gleich zurück", bat er im Weggehen. Seine Stimme entfernte sich immer mehr.

„Ich komme!“, rief er, als oben eine Autotür ins Schloss fiel. Offensichtlich hatte der Paketbote erst geklingelt und dann das Paket aus seinem Lieferwagen geholt. Silas und Ronny hörten, wie Moritz die Haustür öffnete. Kurz darauf krachte sie wieder zu. Moritz schrie nur kurz und leise. Doch dass sein Schrei sofort erstickt wurde, machte das Ganze nicht weniger schrecklich. Im Gegenteil!

BORUSSIA

Rahel klappte das Lexikon zu und nahm dann den letzten Ausdruck aus dem Drucker im Flur. Endlich fertig! Jetzt musste sie nur noch die einzelnen Texte und Bilder zu einer Collage zusammenkleben. Sie stand auf, nahm den DIN-A2-Tonkarton vom Schrank und legte ihn auf den Fußboden. Dann ließ sie sich im Schneidersitz auf dem Boden nieder und begann, die Puzzleteile ihres Referates auf dem Plakat zu sortieren.

„Borussiaah, Borussiaah! Borussiaah, Borussi-ja-ha!", sang unten Onkel Anton.

Er war heute früher von der Arbeit zurück und hatte ganz offensichtlich gute Laune. Seine Nichte wusste auch, warum. Morgen war das erste DFB-Pokal-Halbfinale, und seine Mannschaft galt als haushoher Favorit gegen den kleinen Zweitligaverein. Opa hatte zwei Karten besorgt und würde mit seinem Sohn bereits am Dienstagnachmittag Richtung Ruhrgebiet starten. Dafür hatte Onkel Anton einen Tag Urlaub genommen. Ein paar Minuten später schaute Rahel zufrieden mit ihrem Werk auf das fertige Plakat. Das konnte sich doch sehen lassen! Jetzt nur noch Englisch. Sie öffnete ihr E-Mail-Programm auf dem Computer, um Tabeas

Nachricht von Donnerstag noch einmal aufzurufen, die sie so enttäuscht hatte. Ihre große Schwester hatte nämlich nur den Anfang des Textes für sie übersetzt und den Rest mit Hinweisen auf Englisch versehen. „Das kann dauern!“, seufzte Rahel. „Tabea sollte Lehrerin und nicht Ärztin werden.“

„Olé, jetzt kommt der BVB, olé, jetzt kommt der BVB, olé, jetzt kommt der BVB!“

Onkel Anton hatte die Hymne gewechselt. Der Text war auch nicht viel anspruchsvoller als vorher.

„Dortmund ist dein Zuhaus, Borussia trickst jeden Gegner aus. Borussia, hier kommt der BVB.“

„Boah, Anton! Kannst du nicht woanders singen?“, rief sie genervt in den Flur.

„Nee, nee, kann ich nicht. K... kann ich nicht ...“, hörte sie ihren Onkel murmeln. „Der Fanclub singt olé! Haste gehört, Rahel?! Die singen olé. Das machen die alle so.“

„Jaha, habe ich gehört! Du bist ja laut genug.“

„Ma...machst du noch Hausaufgaben?“, fragte Anton, und sie konnte hören, wie er dabei grinste.

Doch er entfernte sich. Der Gesang hörte auf. Er sprach nur noch vor sich hin.

„Ich sing nich mehr. Ich nich ... Hausaufgaben, i... immer Hausaufgaben ... “

Plötzlich tat es Rahel leid, dass sie ihm die harmlose Freude verdorben hatte. Sie schloss kurz die Augen und stand dann auf.

„Tut mir leid“, rief sie. „Sing ruhig weiter!“

Aber Anton war nicht mehr zu hören. Auch das Gemurmel war verstummt. Rahel sah auf die Uhr. Ronny und Silas blieben aber lange bei Moritz! Eigentlich könnten sie schon wieder hier sein. Das Mädchen trommelte mit den Fingern auf die Schreibtischplatte. Dann vertiefte Rahel sich doch in den englischen Text. Sie schrak erst hoch, als Onkel Anton in ihr Zimmer trat.

„Mor... morgen ge… gewinnen wir, Rahel! Fünf zu Null! Ha… haste gehört?! Fünf Null, sag ich. Heimspiel."

Rahel setzte schnell den letzten Punkt unter ihren Text und wandte sich ihrem Onkel zu.

„Bestimmt!", sagte sie, wieder versöhnt mit der Welt. Endlich war es geschafft. Den Rest des Tages hatte sie frei. Die Jungs waren immer noch nicht zurück. Sie überlegte.

„Anton, hast du Zeit?", fragte sie.

„Ja. Hmh. Ja, ja", antwortete ihr Onkel.

„Du könntest mir einen Gefallen tun."

„Bi… bist du … du …auch Bo… Borussia-Fan?"

Diese Frage hatte sie zwar schon oft genug beantwortet, aber jetzt tat sie es Anton zuliebe noch einmal.

„Klar. Weißt du doch, und wir Dortmunder halten alle zusammen."

„Die … die Fans auf der Tribüne sind alle gleich", zitierte ihr Onkel zufrieden.

Als ihr Opa unerwartet früh nach Hause kam, schmunzelte Rahel immer noch, obwohl sie gerade wohl zum hundertsten Mal auf die Uhr sah. Wo blieben die Jungs nur? Sie konnte Opa in der Küche mit Geschirr klappern hören. Er brauchte wohl nur eine Zwischenmahlzeit und würde gleich wieder weg sein.

„Hallo, Rahel!", sagte er gut gelaunt, als sie die Küche betrat. „Hast du auch Hunger?"

„Nein, danke. Bin noch satt vom Mittagessen und Mamas köstlicher Donauwelle."

Opa Peter nickte und drückte auf den Knopf der Kaffeemaschine.

„Habe deinen Lieblingskuchen im Kühlschrank gesehen. Aber ich brauche jetzt erst etwas Herzhaftes."

Auf dem Tisch stand ein Teller mit einem Wurstbrot. Caruso seufzte lang und laut vernehmlich. Er hatte sich gerade auf seinem Hundekissen einmal um sich selbst gedreht und ließ sich nun geräuschvoll nieder.

„Tu nicht so, Caruso, du bist für heute fertig mit Fressen", sagte Opa zu dem Hund, als könne der ihn genauso verstehen wie Opa Peter ihn. „Weißt du, wo Anton ist?", wandte er sich nun an seine Enkelin.

Rahel setzte sich auf den Stuhl, der vor Kopf des Tisches stand. Sie wartete mit der Antwort, bis ihr Opa fertig mit Beten war und in sein Brot biss.

„Ja … äh … der tut mir gerade einen Gefallen."

„Ach, das ist ja schön", sagte Opa, ohne weiter nachzufragen, worum es sich dabei handelte. „Anton ist immer hilfsbereit. Genau wie seine Mutter."

Rahel schluckte, doch Opa Peter sprach nicht länger über seine verstorbene Frau.

„Finde ich gut, dass ihr euch langsam aneinander gewöhnt. Anton mag dich."

„Ja, das war irgendwie schon immer so, oder? Warum eigentlich?", fragte Rahel.

Opa kaute gründlich und nahm einen Schluck Kaffee. Dann lächelte er.

„Er mag Frauen."

Rahel errötete.

„Vielleicht machen ihm Männer irgendwie Angst", überlegte Opa. „Selbst mit deinem Vater redet er weniger als mit deiner Mutter. Obwohl er ihn viel länger kennt."

Er zuckte mit den Schultern und wechselte das Thema.

„Ich will gleich noch mal in den Wald, die neu gepflanzten Bäume kontrollieren. Wir haben sie letzte Woche eingezäunt, um sie vor den hungrigen Rehen zu schützen. Ein paar will ich noch anbinden."

„Wo denn?“, fragte Rahel nach.

„Oben, in der Nähe des Golfplatzes. Weißt du noch? Früher haben wir da beim Ostereiersuchen immer auch ein paar alte Golfbälle gefunden.“

Natürlich erinnerte Rahel sich. Ostern ohne Eiersuche im Wald war für Oma genauso undenkbar gewesen wie ein Sonntag ohne Gottesdienst. Liebevoll hatte sie für jeden ein Körbchen mit Süßigkeiten und einem netten Gruß fertig gemacht und anschließend zwischen den Bäumen und Büschen versteckt. Sogar für die erwachsenen Kinder. Wenn dann die Verstecke gefunden wurden, war ihre Freude darüber fast größer als die der Beschenkten gewesen.

„Klar, das ist nicht so weit von hier“, sagte sie deshalb.

„Deswegen gehe ich zu Fuß. Ich lasse Caruso für Anton hier. Wenn er will, kann er mit dem Hund nachkommen.“

„Ich sage ihm Bescheid, wenn er wieder hier ist.“

„Gut!“, sagte Opa.

Er stand auf und stellte Teller und Tasse in die Spülmaschine. Als er die Klappe schloss, seufzte er fast unhörbar. Doch Rahel hatte es bemerkt und biss sich auf die Lippe. Sie wusste sofort, woran er dachte. Früher wurde das Geschirr nur in die Spüle gestellt, da Oma die Einzige war, die wusste, wie ihre Spülmaschine eingeräumt werden musste, damit alles sauber wurde und trotzdem möglichst viel hineinpasste. Es waren diese dummen Kleinigkeiten, die einem jeden Tag ungebeten in die Quere kamen …

DER ÜBERFALL

Den Jungen im Keller lief ein Schauer über den Rücken, dann sahen sich Ronny und Silas entsetzt an. Was in aller Welt war da oben los? Warum hatte Moritz geschrien und warum kam er nicht zurück? Warum sagte er nichts? Instinktiv hatten die beiden Neuntklässler dieselbe Idee. Noch ehe die Jungs wussten, was gleich geschehen würde, suchten ihre Augen nach einem Versteck. Hier im Fitnessraum gab es keine Deckung. Also schlichen sie so schnell wie möglich zurück ins Fernsehzimmer. Dort standen genug große Möbel herum. Drei dunkle Ledersessel und ein langes Sofa. Auf Letzterem lagen ein paar dicke Kissen und einige ordentlich gefaltete Decken. Daneben stand ein großer, leerer Karton. Der neue Hometrainer war darin geliefert worden. Silas zeigte erst auf Ronny und auf das Sofa, dann auf sich und den Karton. Zum Glück verstand Ronny ihn ohne Worte. Rasch kroch er unter die Kissen. Silas schmiss noch ein paar auf ihn und breitete dann die Decken darüber aus. Hoffentlich bekam Ronny jetzt noch genug Luft! Silas versuchte, schnell, aber möglichst lautlos in den Karton zu steigen. Es war zwar eng, aber er konnte sich hineinquetschen und sogar durch eins der Grifflöcher in den Flur sehen. Keine Sekunde zu spät schlug er die Papplaschen über seinem Kopf zusammen, um den Karton zu verschließen. Oben an der Treppe hörte er eine fremde Männerstimme. Das war nicht Moritz. Aber wer war es dann? Der Paketbote?

„Wo *drogas?* He?! *Vamos!*"

„Was? Ich verstehe nicht!"

Das war endlich Moritz' Stimme. Sie klang ganz hoch vor Aufregung. Und der andere sprach Deutsch mit Spanisch gemischt!

„*¡No, no!* Du weißt sehrrr gut, oder?"

„Was? Was weiß ich? Was wollen Sie?", quietschte Moritz.

„*¡Madre mía! ¿Quién eres, he?!* Wer bist du?"

Der Mann machte eine Pause. Es war wohl eine rhetorische Frage, der Mann erwartete keine Antwort, denn er redete schon weiter.

„*Diletante, debutante.* Anfänger, he?"

„Anfänger?!"

Moritz verstand immer noch nicht. Aber Silas konnte ihm nicht helfen, sonst hätte er sein Versteck verraten.

„*¡Drogas!* Wo?", schnauzte der Mann ihn an.

Endlich begriff Moritz.

„Ja, ja", beeilte er sich, „Die Drogen, das Kokain. Das ist unten! Unten im Keller!"

Er zeigte auf die Treppenstufen.

„*¡Vamos, chico!*", sagte der Mann noch einmal und stieß Moritz in den Rücken. „*Rápido!*"

Der Junge stolperte auf die Treppe zu und griff an das Geländer. Er stöhnte auf, als der Mann seinen linken Arm packte, ihn am Handgelenk nach hinten auf den Rücken und gleichzeitig heftig nach oben zog. In diesem schmerzhaften Fesselgriff gefangen ging Moritz auf wackligen Beinen die Treppe hinab.

„Wo?", fragte der Mann.

„Geradeaus!“

Der Mann schob seinen Gefangen vor sich her und in das Zimmer mit dem offenen Safe. Silas konnte nur einen kurzen Blick erhaschen, der ihm das Blut in den Adern gefrieren ließ. Kein Wunder, das Moritz vor Angst kaum laufen konnte. Der Eindringling trug eine schwarze Maske vor dem Gesicht und drückte ihm eine Schusswaffe in den Rücken! Silas hielt die Luft an, um sich nicht zu verraten. Hoffentlich behielt Ronny die Nerven und blieb in seinem Versteck!

„Hier, hier sind die Drogen!“, hörte er Moritz sagen, obwohl die Holzkiste offen auf dem Boden stand. Wie auf einem Tablett bekam der Typ die Drogen serviert.

Der falsche Paketbote lachte hässlich. Dann klatschte etwas. Moritz stöhnte erneut auf.

„¡No, no! ¡No es todo!“

Es folgten ein paar spanische Wörter, die Silas nicht kannte und sicher auch nicht lernen wollte, so böse klangen sie.

„Ich weiß nichts, ich weiß doch nichts“, jammerte Moritz.

„¡Quince kilos!“, sagte der Mann.

„Mehr? Suchen Sie noch mehr? Mehr Kilos?“, fragte Moritz.

„¡Sí, sí! Mehr! Viel mehr!“

Moritz fing an zu weinen.

„Aber ich habe nur das. Von mehr weiß ich nicht. Ich weiß nichts. Wirklich!“

Für einen Augenblick war Ruhe. Dann sprach der Mann plötzlich in gebrochenem Deutsch weiter. Seine Stimme war leise, doch verlor sie durch die geringe Lautstärke nichts von ihrer Bedrohlichkeit.

„Hör zu: *Esta noche* – diese Abend, ich will die Kilos, acht Uhr. *Sabes, ti padre* hat genommen. Dein Vater klaut, was mich gehört! Nix *policía*, nix *adultos* oder *ti padre* ist tot, du verstehen?“

„Ja, ja, ja", antwortete Moritz mit vor Angst jetzt heiserer Stimme.

„*Mi camión,* meine ..." Offenbar fiel ihm das deutsche Wort nicht ein, denn er beendete den Satz nicht. „Bananen ... RHEKA ... Brücke am Bahnhof", beschrieb er weiter und nannte den Treffpunkt. Dann wiederholte er noch einmal die Uhrzeit. „Diese Abend, acht Uhr!"

„Aber ... ich weiß doch nicht, wo es ist!", stieß Moritz verzweifelt hervor.

„*No es mi problema.* Dein Problem!", sagte der Mann und gab dem Jungen einen Stoß, als er ihn freiließ. Moritz fiel nicht, er konnte sich an der Wand abfangen. Kurz darauf sah Silas den Fremden mit der Kiste unter dem Arm die Treppe hochsteigen. Zitternd verharrte er in seinem Karton, bis er oben die Haustür zufallen hörte. Aus dem Fitnessraum kam jetzt lautes Schluchzen. Offenbar war Moritz nun alles egal. Er bemühte sich nicht mehr, Haltung zu bewahren. Sollten die anderen doch denken, was sie wollten. Langsam stieg Silas aus seinem Versteck. Immer wieder lauschte er ängstlich, ob der Mann nicht doch noch einmal die Treppenstufen herunterkam. Vielleicht hatte er nur von innen die Tür zugeschlagen, um sie zu täuschen? Unsinn! Er konnte doch nicht wissen, dass sie hier unten waren. Trotzdem war Silas vorsichtig. Aber es blieb alles still. Auch Ronny hatte gewartet. Erst jetzt schob er langsam die Kissen zur Seite.

„Jetzt ist die Kacke am dampfen", sagte er verschwitzt und hochrot im Gesicht.

Silas hatte keine Kraft mehr, ihn zu korrigieren. Er ging rasch hinüber zu Moritz, der auf dem Boden hockte und die Hände vors Gesicht geschlagen hatte. Eine Weile stand er hilflos dabei, dann ging er zu seinem Schulkameraden und legte ihm die Hand auf die Schulter. Moritz heulte Rotz und Wasser. Der Damm war gebrochen, nichts hielt mehr die Tränen zurück, auch kein Stolz. Ronny hatte weniger Mitleid, dachte aber praktisch. Er ging hinauf in die Küche und kam mit einem Glas Wasser und Taschentüchern zurück.

„Danke!", sagte Moritz, der immer noch am Boden hockte, und sprang schnell auf.

Er griff nach den Taschentüchern. Auf seiner linken Wange konnte man deutlich einen Handabdruck sehen, unverkennbar die Spur einer heftigen Ohrfeige. Plötzlich aber wurde Moritz kreidebleich im Gesicht. Silas, der immer noch neben ihm stand, hatte ihn beobachtet und sah, wie er die Augen verdrehte und schwankte. Deswegen griff er nach seiner Schulter, und als Moritz in sich zusammensackte, fing Silas ihn sofort auf. Ronny sprang geistesgegenwärtig dazu, und gemeinsam legten sie Moritz vorsichtig auf den Rücken.

„Was ist mit ihm?", fragte Ronny besorgt. „Hat der Kerl ihm was getan?"

„Nein, Kreislauf!", sagte Silas. „Er hat hier lange gehockt und ist dann einfach zu schnell aufgestanden. Dazu die Aufregung …"

Er zog Moritz die Beine lang und nahm die Füße in die Hand. Ächzend hob er sie hoch, sodass das Blut aus den Beinen in Richtung Kopf laufen konnte. Schon nach ein paar Sekunden kam wieder Farbe in Moritz Gesicht. Er schlug die Augen auf und sah verwirrt hoch.

„Hol mal ein Kissen", sagte Silas, ohne die Beine loszulassen. Er hatte Moritz' Füße auf seinen Oberschenkeln abgelegt. Ronny gehorchte. Er flitzte in den Fernsehraum und kam mit dem angeforderten Kissen zurück. Dann schob er es Moritz unter den Kopf. Schon bald ging es ihm besser.

„Alles klar, Kumpel?", fragte Ronny sicherheitshalber.

Moritz nickte. Er konnte sich wieder aufsetzen und wirkte normal.

„Was war los?", fragte er.

„Du warst kurz weg“, sagte Silas. „Jetzt kannst du ihm das Wasser geben“, wandte er sich an Ronny.

Dankbar griff Moritz nach dem Wasser, das Ronny ihm hinhielt. Er hatte Kopfschmerzen und eine trockene Kehle. Etwas Flüssiges tat gut.

„Woher wusstest du, was du tun musst, als er umgekippt ist?“, fragte Ronny.

„In meiner alten Schule war ich beim SSD, Schulsanitätsdienst“, antwortete Silas.

Ronny nickte anerkennend.

„Gut zu wissen.“

„Ich hoffe, wir brauchen das so schnell nicht wieder“, sagte Silas und wandte sich dann an Moritz.

„Sag mal, war das derselbe, der dir vorhin schon das blaue Auge verpasst hat?“

„Nein, der … der von vorhin war von unserer Schule.“

„Dann war es der vom Handy? Der dich erpresst?“, schloss Silas.

Aber Moritz schüttelte den Kopf.

„Das kann nicht sein. Die Botschaften auf meinem Handy waren alle in fehlerfreiem Deutsch. Nein, ich glaube, die Handybotschaften schickt mir auch eher der von unserer Schule.“

Den Namen des Schülers nannte Moritz immer noch nicht. Mit zitternden Händen führte er das Wasserglas zum Mund und nahm noch einen großen Schluck.

„Außerdem wollte der nur, dass ich aufhöre zu verkaufen. Der Spanier dagegen wollte die Drogen. Irgendwelche Kilos!“, stieß Moritz hervor.

„Das war kein Spanier“, behauptete Silas. „Denn das war kein europäisches Spanisch. Es war härter. Der Mann muss aus Südamerika sein.“

„Südamerika?“

„Ja, vielleicht Kolumbien“, sagte Silas und dachte an Rahel und die Bananenkiste.

„Wie kommst du auf Kolumbien?“, fragte Ronny und nahm Moritz das leere Wasserglas ab. „Willst du noch was?“

Moritz schüttelte den Kopf und nahm noch eins von den Taschentüchern, die Ronny neben ihn gelegt hatte.

„Wegen der Bananen“, antwortete Silas.

Ronny fiel fast das Glas aus der Hand.

„Geht es dir gut? Ausgerechnet Bananen? Welche Bananen?“

Silas lachte, als Ronny wohl zufällig die Worte des alten Schlagers wählte. Es tat gut zu lachen.

„Die Bananen aus dem RHEKA-Laden.“

„Aber sicher“, sagte Ronny ironisch. „Jetzt verstehe ich alles.“

„Ja?“

„Nein, natürlich nicht!“

„Macht nichts. Hauptsache, wir finden die restlichen 14 Kilo“, behauptete Silas wieder ernst.

„14? Wie kommst du auf 14?“

„*Quince* ist spanisch und heißt 15, so ähnlich wie im Französischen. Das hat der Mann gesagt. Er will seine 15 Kilo. Die hat Herr Passlack ihm gestohlen, glaubt er. Die Kiste mit dem einen Kilo hat er ja mitgenommen.“

Moritz vergrub den Kopf wieder in seinen Händen.

„Er hat noch von einem Lastwagen gesprochen. *Camión* ist der Lastwagen. Der steht unter der Brücke am Bahnhof. Dort soll Moritz mit den Drogen hinkommen.“

„Aber ich weiß nicht mal, wo ich noch suchen soll! Hier ist nichts. Ich habe das ganze Haus abgesucht. Ich kann meinen Vater doch schlecht fragen“, stöhnte Moritz.

„Hast du auch im Garten gesucht?“

„Wo genau soll ich da suchen? Der ist doch riesig!“

„Wie viel Zeit haben wir noch?", fragte Silas.

Ronny sah auf die Uhr.

„Gut vier Stunden. Dann ist es acht Uhr. Und eine Brücke am Bahnhof gibt es hier in der Nähe nur in Burgenach", sagte er.

Silas dachte nach. Sein rechtes Ohr juckte. Er massierte es und kratzte sich dann an der Nase.

„Tja, wenn Caruso hier wäre, der könnte das Kokain bestimmt finden. Er ist darauf trainiert. Aber er ist mit Opa im Wald", überlegte Silas laut.

Ihm wurde heiß, als er seinen Opa erwähnte. Der Pulli war auf einmal zu warm.

„Der Mann hat ausdrücklich gesagt, keine Polizei ...", erinnerte Ronny.

„Ja, ich weiß. Und auch keine Erwachsenen. *Adultos* sind die Erwachsenen", ergänzte Silas automatisch.

„Bitte, Silas, bitte sag deinem Opa nichts ... sonst ist mein Vater tot", flüsterte Moritz.

So viel von dem Deutsch-Spanisch-Kauderwelsch hatte auch er verstanden. Leider! Sein Mund war schon wieder trocken, aber er wollte nicht um Wasser bitten. Zum Aufstehen fühlte er sich noch zu schlapp.

„Und der meinte das ernst", war sich Ronny sicher.

„Ja, sah ganz so aus", bestätigte Silas lahm, als es oben schon wieder klingelte.

Ungläubig sahen sich die Jungen an. War der Kolumbianer zurück?! Erst rührte sich keiner. Dann, als es erneut klingelte, bestimmte Silas:

„Diesmal gehen wir alle hoch. Und wir gucken erst durchs Fenster, wer da ist."

Er hielt Moritz die Hand hin und zog ihn hoch. Schnell schloss Moritz den Safe und hängte das Bild davor. Bis er aus dem Krankenhaus entlassen würde, würde sein Vater hoffentlich nicht bemerken, dass die Drogen fehlten. An danach wollte er noch nicht denken. Als es zum dritten Mal klingelte, stiegen die drei Jungs mit zitternden Knien die Treppe hoch.

Ihre Angst war unbegründet. Diesmal war es ein harmloser Besucher: Anton Schmickler stand draußen.

„I… ich soll fragen, wo … wo du bleibst", sagte er, als Moritz die Tür öffnete. Er schaute dabei nur seinen Neffen an. Erst beim nächsten Satz wandte er sich an den Sohn der Passlacks.

„Ha… habt ihr den Vorgarten geändert?! Da... da war der Lavendel. Und hier! Und hier! Hier auch."

Anton zeigte auf die Kräuterbüsche von Frau Passlack.

„Ge... genau neben dem Rosmarin. Jetzt ist der weg, und da steht Eibe. Der Lavendel da neben dem Bohnenkraut. Der … der ist neu und groß. Und … und der sieht nicht gut aus. Gar nicht gut. Der … der blüht nicht, wenn du den nicht genug gießt. Da … da muss Wasser dran, wenn der frisch gepflanzt ist."

Silas hörte seinem Onkel zu, und auf einmal zog ein Lächeln über sein Gesicht. Es wurde immer größer und reichte schließlich von einem Ohr bis zum anderen.

„Anton", sagte er. „Du bist wirklich Gold wert!"

„Nö, nicht G… Gold! Wasser! Haste gehört? Da … da muss Wasser dran."

DER KAISER

Moritz und Ronny guckten, als hätte Silas Russisch gesprochen.

„Was ist los?"

„Mein Onkel hat ein partiell fotografisches Gedächtnis", erklärte Silas.

„Und das heißt?", fragte Ronny. „Kannst du mal Klartext reden?"

„Das heißt, dass sein Gehirn sich bestimmte Motive merkt, als sei es eine Kamera. Es nimmt quasi ein Bild auf von dem, was Onkel Anton sieht. Aber nicht von allem, sondern nur von dem, was ihn besonders interessiert. Deswegen nur partiell, also teilweise fotografisches Gedächtnis. Da mein Onkel Pflanzen liebt, sind es bei ihm zum Beispiel die Vorgärten hier in der Nachbarschaft. Das, was man von der Straße aus sieht, wenn man vorbeifährt oder -geht, speichert sein Gehirn wie ein Computer auf der Festplatte. Wenn er dasselbe Bild dann wiedersieht, gleicht er es automatisch ab, und ihm fallen sämtliche Veränderungen auf. Gärten, Autos und auch Gesichter sind für ihn wie für mich Vokabeln einer Fremdsprache. Er kann es sich einfach gut merken."

„Krass!“, sagte Ronny und sah sich nach Anton um.

Aber Silas’ Onkel stand nicht mehr bei ihnen. Er hatte die nostalgische Gießkanne entdeckt, die Frau Passlack als Dekoration zwischen die Kräuter gestellt hatte. Ohne zu zögern trat er in das Beet, holte die verzinkte Kanne heraus und marschierte seelenruhig zum Außenwasserhahn, der aus der Hauswand neben der Garage kam. Er drehte das Wasser auf und füllte die Kanne bis obenhin. Dann kam er zu den drei Jungs zurück und wollte dem armen Lavendelbusch ordentlich Wasser geben.

„Halt!“, rief Silas und griff nach Antons Arm.

Er konnte ihn gerade noch davon abhalten, den Busch zu gießen.

„Da … da muss Wasser dran!“, sagte Onkel Anton etwas gereizt. Der Lavendel tat ihm leid. Er brauchte Wasser. Er stellte die Kanne ab und griff nach den Zweigen der trockenen Pflanze. „Der … der ist ganz trocken! Hier!“

Mit diesen Worten zog er an dem Lavendel. Der Busch gab nach und bewegte sich nach oben. Anton hörte sofort auf zu ziehen.

„Der … der ist schon ganz lose!“, sagte er erschrocken. „G… ganz lose ist der!“

„Ja, genau“, sagte Silas und senkte seine Stimme zu einem Flüstern. „Ich glaube nämlich, dass darunter das restliche Kokain steckt.“

Aber Anton hatte es gehört. Er wich zurück, als stünde der Lavendel in Flammen.

„Ko…ko…kain? Da... das sind Drogen!“, posaunte er.

„Psst!“, machten alle drei Jungs auf einmal.

„D… Drogen sind das!“, wiederholte Onkel Anton nur etwas leiser. Flüstern war nicht gerade seine Stärke. „Wo… woher hast du die?“

„Oh, Mann“, stöhnte Moritz. „Gleich weiß es das ganze Dorf. Musstest du das deinem Onkel auf die Nase binden?“

„Tut mir leid. Aber ohne ihn hätten wir es ja auch nicht so schnell gefunden. Anton, davon darfst du keinem erzählen, hörst du?“

„Ja, ja, bin ja ni… nicht taub. I… ich nicht. Ra… Rahel vielleicht.“

„Habt ihr einen Spaten?“, fragte Ronny.

„In der Garage. Ich hole ihn“, sagte Moritz sofort und machte sich auf den Weg.

„Wie kommst du darauf, dass ausgerechnet da das Kokain versteckt ist?“, fragte Ronny Silas.

„Ganz einfach“, erklärte Silas. „Mehrere Büsche hier sind frisch gepflanzt, sagte mein Onkel, aber der Lavendel ist der Einzige, der so vertrocknet ist. Das heißt, er ist nicht angegossen worden. Wahrscheinlich wollte Herr Passlack nicht riskieren, dass das teure Pulver nass wird, oder er hat einfach nicht gewusst, wie wichtig das Angießen ist.“

„Vielleicht hat er es auch einfach vergessen“, meinte Ronny.

„Kann auch sein. Weil es die letzten zwei Tage ungewöhnlich trocken und sehr sonnig war, fällt es jetzt jedenfalls auf.“

Moritz kam mit dem Spaten zurück.

„Stellt euch mal wenigstens so im Halbkreis um mich herum. Müssen ja nicht alle Nachbarn sehen, was wir hier ausbuddeln“, sagte er und stieß den Spaten in die Erde.

Es ging ganz leicht, da seine Mutter die Erde für die Kräuter mit Sand vermischt hatte. Schnell war der Busch ausgegraben. Onkel Anton griff ihn gekonnt und setzte ihn auf die Seite.

„Alter, da ist es!“, sagte Ronny.

Er bückte sich schnell und holte eine dunkle Plastiktüte aus dem Loch. Das Päckchen war so groß, dass er beide Hände dafür brauchte.

„Ganz schön schwer!“, sagte Ronny. „Das ist viel mehr als ein Kilo …“

„Los, rein damit ins Haus!“, sagte Moritz ängstlich.

Ronny und Silas gehorchten. Die Haustür lehnten sie nur an. Während die Jungs im Haus verschwanden, pflanzte Onkel Anton den Lavendel behutsam zurück in die Erde und goss tüchtig Wasser darüber. Dann wässerte er auch den Nachbarstrauch und füllte die Gießkanne erneut. Erst als der gesamte Vorgarten ordentlich nass war, ging er den Jungs hinterher und schloss die Tür hinter sich. Silas und Ronny standen im Badezimmer vor der Personenwaage. Moritz war darauf gestiegen und hielt die Plastiktüte im Arm wie ein Baby.

„Sieben Kilo“, sagte er gerade und starrte auf die digitalen Leuchtziffern.

„Das ist nicht genug“, sagte Silas.

„Nee“, meinte Moritz.

„Wo ist der Rest?“, fragte Ronny.

„Welcher Rest?“, fragte Onkel Anton.

Keiner antwortete ihm. Moritz stieg von der Waage und setzte sich auf den Boden. Er sah ziemlich fertig aus, obwohl der Handabdruck des Kolumbianers langsam verblasste. Die Tüte nahm er auf den Schoß. Ronny schaute nachdenklich.

„Weißt du eigentlich, was so was wert ist?“, fragte er und zeigte auf den Plastikbeutel.

„Das … das kommt auf … auf den Reinheitswert an“, sagte Onkel Anton wie aus der Pistole geschossen. Er hatte nur einen kurzen Blick auf die Drogen geworfen. Verwundert sah Silas zu seinem Onkel. Manchmal überraschte er ihn mit seiner Kombinationsgabe und speziellen Kenntnissen.

„Sie haben recht“, sagte Moritz und wandte sich besonders höflich an Onkel Anton. „Bitte, Herr Schmickler, sagen Sie keinem weiter, was Sie hier gesehen haben.“

„Das … das hast du schon mal gesagt. Mach ich doch nicht“, sagte er mit leichter Empörung in der Stimme.

„Und wie bestimmt man den ... den Reinheitswert?“, hakte Ronny nach.

„Ich weiß es nicht, aber ich habe Marco gefragt. Das war wohl ein Fehler.“

Als er den Namen erwähnt, fasste sich Moritz reflexartig an sein Auge.

„Den Freak aus der Zwölf?“, fragt Ronny. Er kannte Marco genau. Der Zwölftklässler war so etwas wie der bunte Hund der Schule und fiel regelmäßig unangenehm auf. Zuletzt hatte er sich in der Pause als Messerwerfer versucht. Nur, dass der Schulhof kein Zirkus und Lehrer ein ungeeignetes Publikum für solche Kunststücke waren, auch wenn der Klassenkamerad unverletzt geblieben war.

„Sag bloß, dieser Marco hat dich verprügelt?“, fragte Ronny, dem Moritz' Handbewegung gerade nicht entgangen war.

Moritz nickte und legte das Kokain auf die Seite. Er holte sich einen neuen Waschlappen aus dem Regal. Dann drehte er den Wasserhahn auf und ließ kaltes Wasser auf den Stoff laufen.

„Und was hat Marco gesagt?“, hakte Ronny ungeduldig nach.

„Es sei spitzenmäßiger Stoff. Fast 90-prozentig“, sagte Moritz und wrang den Waschlappen aus, bevor er ihn auf sein Auge legte. Er setzte sich wieder auf die Fliesen.

„Dieser Marco scheint sich ja auszukennen“, warf Silas ein.

„Ja, tut er. Das Kilo, das unten im Keller war, war fast 60 000 wert.“

Ronny schnappte nach Luft.

„Nice, dann hast du da mehr als 400 000 Euro neben dir liegen!“, rief er.

„I... ist das viel?“, fragte Onkel Anton. Er hatte keine Vorstellung von Zahlen.

„Und ob! Das ist eine ganze Menge", sagte Silas. „Und du hast keine Ahnung, wo der Rest ist?"

„Nee", sagte Moritz und rieb sich mit der freien Hand den Nacken.

Sein Kopf schmerzte immer noch. Das Auge war fast zugeschwollen. Er fühlte sich einfach nur müde und leer. Das war definitiv der schwärzeste Tag in seinem Leben! Wie sollte er aus all dem nur wieder rauskommen? Und wie tief steckte sein Vater da drin? Was wusste seine Mutter? Kannte er seine Eltern überhaupt? Was hatten sie mit den Drogen zu tun? Wie viele Leute bedrohten sie eigentlich? Und wie viele wussten schon über alles Bescheid? Das waren einfach zu viele offene Fragen.

Ronny hockte sich neben Moritz.

„Hey", sagte er jetzt freundlich. „Denk einfach noch mal nach. Haben deine Eltern irgendwas Verdächtiges gesagt heute? Vielleicht haben sie über das Versteck geredet?"

„Mein Vater war doch gar nicht hier. Der ist im Krankenhaus mit einem Herzinfarkt! Wie soll meine Mutter hier mit ihm reden?", fragte Moritz gereizt. „Die haben nur telefoniert. Und das auch nicht lange … Aber Moment mal …!" Plötzlich schien ihm etwas einzufallen. „Meine Mutter war ziemlich wütend am Telefon. Mein Vater wollte etwas von ihr, und sie hat erst abgelehnt."

Welche Schimpfwörter für seinen Vater sie dabei benutzt hatte, behielt Moritz lieber für sich.

„Und?", hakte Ronny nach.

„Ich habe das gar nicht verstanden und deshalb vergessen. Es ging irgendwie um eine Statue."

„Und weiter?", drängte nun auch Silas.

„Puh!", machte Moritz und schüttelte den Kopf. „Ich habe doch gar nicht richtig zugehört."

Ich höre immer weg, wenn sie streiten, dachte er. „Ich habe gerade Gehirnebbe."

Silas lächelte.

„Wir haben aber keine sechs Stunden Zeit, um auf die Flut zu warten."

„Noch knapp vier", sagte Ronny mit Blick auf seine Uhr.

„Vier? Vier Stunden?", fragte Onkel Anton. „Für eine Statue?"

Er blickte mal wieder voll durch.

„Ja", meinte Ronny, „und dafür, die Drogen zu dem Lastwagen unter die Brücke am Bahnhof in Burgenach zu bringen. Ist ja ein Kinderspiel. Kein Problem. Wir wissen zwar nicht mal, wie der Lastwagen aussieht, aber egal."

Onkel Anton nickte, als sei er der gleichen Meinung. Er hatte die Ironie in Ronnys Bemerkung nicht verstanden.

„Zu … zu dem Lastwagen? U… u… unter der Brücke? D… der mit den Bananen?", wiederholte er in Richtung seines Neffen. Aber Silas reagierte immer noch nicht. Sein Gehirn hatte Sturmflut und arbeitete gerade auf Hochtouren. Dafür hatte es die Ohren auf Durchzug gestellt.

„Bananen?", fragte Ronny.

„Hey", rief Moritz, „das kann sein! Ein paar Lkw, die den RHEKA-Laden beliefern, haben Bananen auf der Seite aufgemalt. ‚Uns begeistern Bananen' steht daneben. Wenn Papa den Dealer über den Laden kennt …" Er brach ab.

„U… u... unter der Brücke? In … in Burgenach? D… der Lkw mit den Bananen?", versuchte Anton es noch einmal. Doch Silas hörte die Frage auch diesmal nicht.

„Statue", murmelte er und hämmerte leicht an seine Stirn. „Ich hab's gleich. Da ist nur irgendwie ein Brett vorm Kopf."

Rahels Bruder fühlte sich der Lösung des Rätsels so nah, aber er kam nicht drauf.

„Leute, das kann doch nicht so schwer sein!", stöhnte Silas. „Wo gibt es denn hier Statuen? Das können doch hier auf dem Land nicht allzu viele sein!"

„Hast du eine Ahnung!“, sagte Moritz. „Allein in Burgenach stehen 20 oder so von den Dingern.“

„Meinst du die von Kaiser Barbarossa?“, fragte Ronny.

„Ja, es gibt einen Barbarossa aus Stein, der steht direkt vor dem Rathaus, und für die 750-Jahr-Feier hat man davon eine Menge Kopien gemacht. Sie sind aus Gießharz und Fieberglas und aus mehreren Teilen zusammengesetzt. Anschließend wurden sie bemalt. Sie wiegen nicht viel und können leicht transportiert werden.“

„Ach ja, ich erinnere mich an den Bericht in der Heimatzeitung. Man hat Formen hergestellt und dann mit diesem Kunstharz ausgegossen“, fiel es auch Ronny ein. „Burgenach, die Barbarossastadt.“

„Heimatzeitung!“, sagte Silas. „Super! Liest man die hier auf dem Land?“

Er massierte seine Kopfhaut, um besser denken zu können.

„Friedrich Barbarossa, der Stauferkaiser ist drei- oder viermal hier durchgezogen“, ratterte Moritz runter, was jedes Grundschulkind in der Umgebung lernte. „Auf dem Weg von der Wahl in Frankfurt zur Krönung nach Aachen. Hat in Burgenach Gericht gehalten und so, wie die Wanderkaiser im Mittelalter das so machten.“

Da niemand mit Onkel Anton redete und er mit Geschichte nichts anfangen konnte, solange man die nicht sah, fühlte er sich überflüssig und trat den Rückzug an. Er verschwand unbemerkt nach draußen. Erst als die Haustür klappte, schaute Silas auf und begriff, dass sein Onkel nicht mehr da war. Aber bevor er sich darüber Gedanken machen konnte, kam der Geistesblitz.

„Mann! Die Dinger wiegen nicht viel. Sie sind aus Gießharz in Formen gegossen. So macht man das auch mit Schokoladenhasen und Weihnachtsmännern.“

Ronny hob eine Augenbraue. Wie konnte Silas jetzt ernsthaft an Süßigkeiten denken?

„Versteht ihr nicht? Die Dinger sind hohl! Die sind von innen hohl!", rief Silas. „Also, die einzelnen Teile sind hohl!"

„Ja, sicher!" Ronny schlug sich mit der Hand vor die Stirn. „Das wäre ein klasse Versteck, bis ein Käufer es da abholt! Genug Platz für die anderen sieben Kilo, und nachts ist fast überall in Burgenach tote Hose!"

Bewundernd sah er seinen Klassenkameraden kurz an. Dann wandte er sich an Moritz.

„Erinnerst du dich, ob deine Mutter am Telefon was von Burgenach gesagt hat? Wollte sie dahin fahren wegen der Statue?"

„Ich weiß nur, sie sollte das Auto nehmen. Sie war sauer deswegen, weil sie lieber mit dem Fahrrad fährt. Aber Papa hat auf dem Auto bestanden."

„Ein weiteres Indiz! Burgenach ist mit dem Fahrrad und mit dem Auto zu erreichen.

„Da das unsere einzige Spur ist …"

„… und im Bereich des Möglichen …, sollten wir hinfahren."

„Wie stellt ihr euch das vor? Sollen wir etwa alle 20 Statuen durchsuchen? Wollt ihr die aufschneiden? Das dauert doch alles viel zu lange", protestierte Moritz müde.

„Wir teilen uns auf! Gibt es einen Stadtplan, und sind die Dinger eingezeichnet?", fragte Silas.

„Im Rathaus lagen die aus, glaube ich", erinnerte sich Moritz, und Ronny nickte.

„Rathaus! Wie lange ist das heute geöffnet?"

Ronny zückte sein Handy. Sekunden später kam die Antwort.

„Bis 17:00 Uhr, also exakt noch 45 Minuten. Das schaffen wir mit dem Fahrrad! Ich habe meins da."

Ronny sprang auf und wandte sich zur Eingangstür. Silas war nicht so begeistert, sah aber keine andere Lösung. Etwas neidisch schaute er zu seinem Klassenkameraden. Ronny war für einen Computerverrückten und trotz seiner Vorliebe für Fast Food ziemlich sportlich, ganz im Gegensatz zu ihm selbst.

„Okay, es reicht ja, wenn der Schnellste den Plan holt", seufzte Silas.

„Dann komm!"

Ronny riss die Tür auf und prallte zurück, als stünde der Kolumbianer vor ihm.

„Was willst du denn hier?", stieß er hervor.

„Ich wollte mal sehen, wo ihr bleibt", antwortete Rahel. „Habt ihr wirklich Drogen gefunden?", fragte sie und ließ Carusos Leine locker. Der große Hund knurrte Ronny an. Der panische Blick, mit dem Ronny auf den Riesenschnauzer stierte, schien Rahel zu gefallen. Sie sah jedenfalls sehr zufrieden aus.

TEMPUS FUGIT

Nimm das Vieh weg“, bat Ronny und wich zurück.

„Caruso ist kein Vieh, sondern ein Rassehund. Du solltest froh sein, dass ich ihn mitgebracht habe“, zickte Rahel.

„Ich muss zu meinem Fahrrad.“

„Geh doch!“

„Hältst du ihn fest?“

„Dafür ist die Leine ja da!“

„Blöde Kuh“, murmelte Ronny leise und drückte sich an Rahel und Caruso vorbei. Sollten sich doch die anderen beiden mit ihr herumschlagen. Er spurtete los, sobald er das Gefühl hatte, dass der Hund nicht mehr an ihm interessiert war.

„Klappt ja super mit dem Schweigen deines Onkels“, stöhnte Moritz, der jetzt zusammen mit Silas im Flur aufgetaucht war. Er trug einen Rucksack auf dem Rücken und eine blaue Kappe auf dem Kopf, die er tief ins Gesicht gezogen hatte. Moritz starrte auf den Boden und wandte sich der Garagentür zu, ohne das Mädchen zu begrüßen.

„Was ist denn in die beiden gefahren?“, fragte Rahel ihren Bruder, als der die Haustür hinter sich zuschmiss.

„Die holen ihre Fahrräder, wir müssen nach Burgenach zum Rathaus", antwortete Silas. „Los, komm!"

Rahel blieb aber stehen und riss die Augen auf.

„Du etwa auch … äh, mit dem Rad?!"

„Haha … Mensch, Rahel, ich hätte große Lust, dir überhaupt nichts mehr zu erzählen. Du bist unausstehlich in den letzten Wochen."

„Tut mir leid!", sagte Rahel, aber es klang eher nach: „Du nervst."

Silas schien wirklich verärgert. Doch dann entspannten sich seine Gesichtszüge, während er die Hautürtreppe hinunterstieg.

„Ich habe keine Zeit zu streiten. Und ich will es auch nicht. Wir brauchen dich und Caruso! Warum, erzähle ich dir auf dem Weg. Los jetzt", forderte Silas seine Schwester noch einmal auf.

Rahel aber blieb stehen, da das Garagentor der Passlacks quietschte, als Moritz es öffnete. Der Nachbarjunge schob sein Rad hinaus. Es war ein Giant Anthem Mountainbike und kostete neu knapp 1000 Euro, aber das beeindruckte Rahel nicht. Erst jetzt sah sie das blaue Auge. Denn statt der Kappe trug Moritz nun einen Helm. Überrascht wandte sie den Kopf ab und folgte Silas, der in leichten Trab gefallen und damit für seine Verhältnisse recht flott unterwegs war.

„Erzählst du mir auch, warum Moritz so aussieht?", fragte Rahel im Laufen und band ihr beiges Halstuch fester. Sie mochte es nicht, wenn der Fahrtwind in ihren Pullover blies. Jedenfalls nicht, solange sie nicht schwitzte.

„Allerdings", presste Silas zwischen den Zähnen hervor.

Kurz darauf waren sie an Opas Hof angekommen und zerrten ebenfalls ihre Räder aus dem Schuppen.

„Warum ist Caruso überhaupt hier?", fragte Silas und setzte sich auf seinen Sattel.

„Opa war kurz da, um was zu essen und Anton abzuholen, weil der im Wald mithelfen wollte, die neu gepflanzten Bäume zu kontrollieren. Anton hatte ich da aber gerade erst zu euch rübergeschickt. Weil Opa nicht länger warten wollte, hat er den Hund für Anton dagelassen, damit er ihn zur Pflanzung führt. Als Anton mir eben entgegenkam, erzählte er diese haarsträubende Story von den Drogen unter dem Lavendel und irgendeinem Lastwagen unter der Brücke. Da ist doch nichts dran, oder?“

Leider doch, dachte Silas. Er hatte ein schlechtes Gewissen, dass er seinen Opa nicht um Hilfe bat. Er ahnte, dass es falsch war, sich von den Drohungen eines Kriminellen einschüchtern zu lassen. Opa würde wissen, was zu tun war, und er würde es tun, ohne Herrn Passlack zu gefährden. Aber Opa war im Wald und würde kaum an sein Smartphone gehen. Außerdem trat Rahel schon kräftig in die Pedale und schoss los. Caruso musste mit, da sie seine Leine in der linken Hand hielt. Wenn er sich von den beiden nicht abhängen lassen wollte, musste er sich beeilen.

„Halt, nicht so schnell!“, rief Silas seiner Schwester hinterher. „Lass Moritz und Ronny vorfahren! Reicht, wenn die zuerst am Rathaus sind!“

Rahel hatte ihn gehört. Sie fuhr langsamer, bis Silas sie eingeholt hatte.

„Caruso kann sowieso nicht sechs Kilometer volle Pulle rennen“, sagte sie

Ihr Bruder blieb kurz hinter ihr und berichtete auf dem Weg, was nebenan passiert war. Zwischendurch schnappte er nach Luft. Rahel hörte aufmerksam zu, ohne spitze Bemerkungen loszulassen. Sie hatte genug damit zu tun, die Informationen zu verdauen und sich nicht in Carusos Leine zu verheddern. Als Silas bei dem Drogenfund im Vorgarten angekommen war, bremste sie allerdings abrupt ab. Ihr

Bruder wäre beinahe in sie hineingefahren. Mit Mühe verhinderte er den Zusammenstoß, indem er vom Seitenstreifen auf die Fahrbahn auswich. Ein Auto fuhr laut hupend vorbei.

„Spinnst du?!", stieß er hervor.

Rahel drehte sich um und funkelte ihn an. Das war mal wieder typisch für seine Schwester! Sie hatte ihn gerade zu einer gefährlichen Vollbremsung gezwungen. Aber statt sich zu entschuldigen, war sie wütend auf ihn!

„Nein, du spinnst! Bist du völlig verrückt? Warum habt ihr Opa nichts gesagt? Oder wenigstens mich angerufen? Ich hätte es ihm sagen können, bevor er in den Wald ging!"

Ja, warum eigentlich nicht?

„Mensch, Rahel, es ging alles so schnell, und ich kann das doch nicht einfach alleine entscheiden, wenn Moritz das nicht will", versuchte Silas sich rauszureden.

Rahel schnaubte und drehte sich wieder um. Sie stieg auf und hatte sofort wieder Tempo drauf. Jetzt nahm sie weniger Rücksicht auf ihren Bruder.

„Eins sag ich dir, egal, ob wir da in den Barbarossa-Figuren etwas finden oder nicht, danach rufe ich Opa an", brüllte sie über die Schulter.

„Das hatte ich sowieso vor", rief Silas zurück und trat im Stand in die Pedalen, um hinter seiner Schwester zu bleiben.

„Gut!", schrie Rahel im Oberlehrerton. Sie genoss es sehr, dass sie diesmal diejenige war, die Silas ermahnte. Normalerweise war es andersherum. Im Gegensatz zu ihrem Bruder mochte sie Aktionen, bei denen es im Magen kribbelte, so wie kurz vor dem Sprung vom Zehn-Meter-Turm. Aber das hätte sie jetzt niemals zugegeben.

„Übrigens mag ich diesen Barbarossa sowieso nicht mehr. Seit uns unsere Lehrerin erzählt hat, dass der damals in Italien Mailand dem Erdboden gleich gemacht hat. Alles niedergebrannt, obwohl die sich schon ergeben hatten", sagte Rahel nun wieder etwas ruhiger. Silas war tatsächlich fast neben ihr.

„Wann damals?“, fragte er und versuchte, im Windschatten seiner Schwester zu bleiben.

„Im Mittelalter.“

„Hat in der Zeit … überhaupt jemand anders Krieg geführt? Ich meine ... die waren doch alle so drauf, so unfair“, keuchte Silas.

„Ach ja? Macht es das besser? Der hat jedenfalls die Stadt plündern lassen, die Gebeine der angeblichen Heiligen Drei Könige geraubt und nach Köln verschenkt.“

„Das waren keine Könige, sondern Sterndeuter. *Magoi* heißt es im Griechischen, das ist der Plural von *Magos,* das waren Gelehrte, keine Adeligen.“

„Wer will das eigentlich wissen?“, schimpfte Rahel wieder genervt.

„Schrei doch nicht so, ich bin doch nicht taub!“

„Hauptsache, du weißt, was so ein doofes Wort heißt, aber darauf, Opa anzurufen, kommst du nicht von allein.“

„Kam ich wohl.“

„Ich finde Barbarossa jedenfalls doof“, wiederholte das Mädchen.

„Du findest im Moment alles doof.“

„Und ich habe recht.“

„Sonst fällt dir nichts ein zu dem, was ich gerade lang und breit erzählt habe?“, fragte Silas.

„Doch!“, sagte Rahel.

Sie dachte, dass Moritz wohl eine Weile nicht mehr ganz so schön aussehen würde, aber sie hütete sich, das laut zu sagen. Das musste sie auch nicht, denn in diesem Moment waren sie endlich am Rathaus von Burgenach angekommen.

Das langgestreckte weiße Gebäude hatte zwei Stockwerke und lag direkt am Markplatz. Die Fenster hatte man mit dunkelgrauen Laibungen geschminkt, so wie Mama ihre Augen mit Kajal. Die dunkle Farbe seitlich der Fenster passte gut zu den auf alt getrimmten nachgemachten Butzenscheiben und dem schwarz gedeckten Dach. Rechts neben dem Rathaus stand die rot-weiße katholische Pfarrkirche Sankt Marien. Sie war etwas kürzer, dafür aber höher in den Himmel gebaut. Außerdem war sie älter. Schon im Mittelalter hatten ihre Glocken die Gläubigen zur Messe gerufen. Vielleicht hatte sogar Kaiser Barbarossa sie mit eigenen Ohren gehört. Rahel und Silas waren erst einmal hier gewesen. Wie gut, dass Moritz und Ronny den Weg so genau kannten und auf dem letzten Stück von Weitem sichtbar gewesen waren. Silas bremste und hielt genau vor den Stufen des Haupteingangs, auf denen Ronny und Moritz saßen.

„Und? Habt ihr die Karte?", fragte er und schnappte nach Luft.

„Nee, geschlossen", sagte Moritz verzweifelt. „Wegen irgendeiner Feier haben die heute schon eine halbe Stunde eher geschlossen."

„Das gibt es auch nur auf dem Land! Unglaublich … ich sag doch, ich habe recht", sagte Rahel zu Silas. „Alles doof und so langweilig wie Primzahlen."

„Der neue Bürgermeister gibt einen aus", erklärte Ronny. „Und Primzahlen sind überhaupt nicht langweilig."

„Sag bloß, du hast das auch in der Heimatzeitung gelesen?", fragte Silas.

„Nein, steht auf dem Schild da, an der Tür!", antwortete Ronny.

„So ein Mist", jammerte Moritz.

„Primzahlen sind quasi die Atome der natürlichen Zahlen, weil ich jede Zahl in ihre Primfaktoren zerlegen kann. Es gibt unendlich viele davon …", dozierte Ronny.

„Auch das noch!", stöhnte Rahel.

„... und es ist unheimlich schwer zu bestimmen, ob eine sehr große Zahl prim ist oder nicht. Daher nutzt man riesige Zahlen zur Codierung in der digitalen Welt."

„Können wir die Mathestunde auf später verlegen, Watson?!", fauchte Rahel.

„Du hast mit dem Thema angefangen."

„Könnt ihr bitte aufhören?!", fragte Moritz.

Ronny und Rahel verstummten. Silas guckte auf das Rathaus. Eine große Uhr zierte den Giebel über dem Eingangsportal. Sie hatte römische Ziffern, und der Schriftzug *Tempus fugit* stand auf dem Zifferblatt genau unter der Zwölf.

„Die Zeit flieht ...", übersetzte er automatisch.

Er hatte wie Ronny seit der Sechsten Latein, aber für seinen Klassenkameraden hätte es auch auf Türkisch dort stehen können. Ihm sagten die Worte nichts. Daher merkte er auch nicht, dass Silas etwas vorgelesen hatte. Er dachte, dass er von der Frist sprach, die der Kolumbianer ihnen gesetzt hatte.

„Ja, die Uhr tickt", sagte er. „Die Zeit läuft uns davon."

Silas hatte sich jetzt zur Turmuhr der Kirche gedreht. Auch dort standen zwei Wörter auf dem Zifferblatt. Diesmal über der Sechs: *Deus manet.*

„Gott bleibt", sagte Silas.

„Warte mal", sagte Ronny, der diesmal nicht zugehört hatte, „die Stadt hat doch bestimmt eine Homepage. Vielleicht haben die da irgendwo einen Link zu der Karte. Möglich wär's."

Eifrig tippte er auf sein Handy. Moritz rückte näher und guckte ihm gespannt zu. Auch Silas ging hinüber. Nur Rahel blieb, wo sie war. Die Worte ihres Bruders hallten noch wie ein Echo in ihren Ohren nach. *Die Zeit flieht, Gott bleibt.* Gott bleibt! Ihr Kopf verknüpfte die Wörter mit der Predigt von Sonntag. Gott bleibt. Er bleibt, wie Ruth bei Naemi geblieben ist. Ob Gott noch mit ihr war? War sie noch bei ihm?

„Ja!", schrie Ronny auf einmal. „Da ist es! Ich schicke euch einen Screenshot. Eure Nummern, Silas?"

Rahel wurde aus ihren Gedanken gerissen, als Silas ihre Handynummern diktierte. Kurz darauf piepste bereits ihr Handy. Sie sah nach. Da war das Bild! Eine genaue Karte von Burgenach, in der alle Barbarossa-Kopien eingezeichnet waren. *Kaiserrundweg* nannte die Stadt das.

„Sag mal, hast du dem jetzt echt meine Handynummer gegeben?", fragte sie ihren Bruder.

„Sieht ganz so aus", antwortete Ronny und konnte sich ein Grinsen nicht verkneifen.

„Sorry, ich wusste nicht, dass du was dagegen hast. Du brauchst die Karte doch auch", entschuldigte sich Silas, und Ronny reckte zwei Finger in V-Form in die Luft.

„Ja, wow, beeindruckend, deine Skills", sagte Rahel ironisch zu Ronny.

„Wenn's so einfach ist, warum bist du dann nicht selbst darauf gekommen?"

„Seid ihr jetzt fertig mit Streiten? Dann können wir endlich die Gruppen einteilen."

Das war Moritz, er hatte sich schon mit der Karte beschäftigt. Da keiner widersprach, redete er weiter.

„Bald ist es fünf, dann bleiben uns nur noch drei Stunden für 14 Figuren."

„Warum 14, ich dachte, es sind 20?", fragte Rahel leise. Sie schämte sich etwas.

„Diese sechs hier stehen zu öffentlich. Da kann niemand etwas reingetan haben. Zwei sind genau vor der Polizeiwache, zwei hier gegenüber vom Rathaus und zwei vor dem Amtsgericht. Da ist es auch nachts beleuchtet. Also, wenn ich was verstecken wollte, dann bestimmt nicht da."

„Moritz hat recht", sagte Ronny. „Außerdem ist es jetzt, Mitte Mai, schon ziemlich lange hell."

Silas guckte über den Marktplatz. Tatsächlich, da hinten, nicht weit von einem Straßencafé entfernt, standen zwei bunte Barbarossas. Jede der 20 Kopien sah anders aus. Ein paar waren von Schulklassen, andere von Künstlern gestaltet worden.

„Wie weit liegen die auseinander?", fragte Silas.

„Es sind ungefähr vier Kilometer abzulaufen", schätzte Moritz, der die Legende der Karte gelesen hatte.

„Stimmt", sagte Rahel. „Caruso wird schneller sein als wir, aber er kann nur ungefähr 20 Minuten suchen, dann ist er verbraucht. Das ist für ihn mega anstrengend, diese Schnüffelei."

Das hatte sie aus dem Internet gelernt, als sie eigentlich Hausaufgaben machen sollte.

„Was schnüffelt der denn?", fragte Ronny.

„Na, die Drogen, was sonst! Das ist ein Suchtmittelspürhund, sagt Onkel Anton. Was für ein Wort!"

„Ach, deshalb hast du gesagt, ich soll froh sein, dass du den mitgebracht hast …"

„Logo …"

„Mann, super!", rief Moritz. „Dann schaffen wir es vielleicht rechtzeitig zum Kolumbianer. Selbst wenn das Zeug in dem letzten Barbarossa steckt, der am weitesten entfernt ist." Er zeigte auf den Stadtplan auf seinem Handydisplay. „Also, vom Stadtpark sind es zum Bahnhof nur zweieinhalb Kilometer."

Der Zehntklässler schien zum ersten Mal wirklich Hoffnung zu schöpfen. Nur Silas wünschte auf einmal brennend, er hätte Papa oder Opa doch etwas gesagt, egal, was der Kolumbianer gedroht hatte. Er wusste selbst nicht, warum ihm dieser Gedanke ausgerechnet jetzt wieder kam, und tastete nervös nach seinem Handy. Solange Moritz bei ihm war, konnte er jedenfalls nicht anrufen.

SCHNEE

Kann der Drogen wirklich riechen?", fragte Moritz Rahel.

Sie beide fuhren mit Caruso den Kaiserweg links herum im Uhrzeigersinn, während Ronny und Silas rechts herum unterwegs waren. Gerade erreichten sie die erste Statue, die vor dem Kindergarten stand und in den Regenbogenfarben leuchtete.

„Klar."

„Ist der denn auch süchtig? Oder warum sucht der überhaupt danach?"

Moritz lehnte sein Fahrrad an einen Baum.

„Quatsch", meinte Rahel. „Ich habe sein Spielzeug dabei. Wenn er die Drogen findet, wird er damit belohnt. Onkel Anton hat es mir erklärt. Für Caruso ist das ein Spiel."

„Ach so, na, umso besser für ihn. Schade, dass es für mich bitterer Ernst ist. Hund müsste man sein."

„Nein, danke. Ich bin froh, dass ich ein Mensch bin. Der kann sich nicht mal richtig am Bauch kratzen. Er stinkt, wenn er nass wird. Und dann dieses warme, schwarze Fell im Sommer ..."

Moritz musste lachen, und das tat gut. Er war froh, dass die drei und der Hund dabei waren. Es gab eine Chance ...

Rahel war etwas aufgeregt. Caruso spürte das und winselte leise. Er spitzte die Ohren. Da kam das Kommando, das er sehnsüchtig erwartet hatte.

„Such, Caruso, such!“, befahl das Mädchen und führte den Hund zu der lebensgroßen Figur.

Der Hund senkte die Nase auf den Boden, dann beschnüffelte er die Füße des bunten Kaisers. Die Knie, das Schwert, den Gürtel. Höher reichte selbst seine Nase nicht. Er schlug nicht an. Kein Bellen, kein Kratzen, kein Scharren. Caruso ließ Barbarossa links liegen und suchte weiter den Boden ab.

„Was ist, wenn das zu hoch ist? Da oben unter der Krone zum Beispiel?“, fragte Moritz.

„Das riecht der trotzdem. Die Nase eines Spürhundes hat mehr als 200 Millionen Riechzellen. Du hast gerade mal fünf Millionen. Caruso, aus!“, sagte Rahel und lobte ihn wieder mit hoher Stimme, genauso, wie ihr Opa es immer tat. „Feiiin!“

Moritz stopfte sich die Finger in die Ohren. Hören konnte er wohl besser als Caruso, wenn Rahel so kreischen musste. Der Hund hatte die Suche gehorsam aufgegeben und kam schwanzwedelnd auf Rahel zu. Das Mädchen streichelte seinen Kopf und klopfte kurz seine Flanke.

„Brav“, sagte sie nun leiser. „Komm, wir müssen weiter.“

Schweigend radelten sie zur nächsten Skulptur. Sie war froschgrün und stand vor der Apotheke. Dort wiederholte sich das Ganze, aber auch hier hatten sie keinen Erfolg. Moritz kletterte sogar auf die Metallbank, die neben der Skulptur stand und schaute dem Kaiser auf den Kopf. Aber der saß bombenfest, so sehr Moritz auch drehte und zog. Also brachte ihnen die ganze Aktion nichts ein, außer eines lautstarken Tadels des Apothekers, der herausgeschossen kam und über die Jugend von heute und ihr schlechtes Benehmen schimpfte. Schnell ergriffen die beiden die Flucht.

„Ich habe doch gesagt, dass Caruso das riechen würde", meckerte Rahel Moritz an, als sie aus dem Blickfeld des wütenden Pillendrehers verschwunden waren.

„Ja, ist ja gut. Die Bank stand nur so günstig."

„Du ergreifst wohl jede günstige Gelegenheit, was?", sagte Rahel und wünschte sich sofort, sie hätte besser auf ihre spitze Zunge achtgegeben.

Moritz wurde erst rot und dann blass. Seine Mundwinkel zuckten.

„Mist, tut mir leid. Ich wollte nicht alles noch schlimmer für dich machen."

„Schon gut", sagte Moritz leise. „Ich bin ja selbst schuld. Ich bin auch nicht besser als …"

„Als dein Vater?", fragte Rahel.

„Ja, klar, hätte ich mir denken können. Silas hat dir alles erzählt. Ja, nicht besser als mein Vater. Ich will aus all dem Mist raus, weil ich Angst hab. Angst vor den Profis. Genau wie er."

Rahel schwieg, was sollte sie darauf auch sagen? Aber sie dachte, dass auch sie sich ziemlich mies fühlen würde, wenn ihre Eltern Verbrecher wären und noch größere Verbrecher hinter ihnen her wären.

„Ich glaube, Mama wusste gar nicht, was in dem Paket war, das sie verstecken sollte. Nein, die hatte keine Ahnung. So etwas würde sie niemals machen, wenn sie Bescheid wüsste."

Moritz schüttelte heftig den Kopf, so, als könne er den hässlichen Verdacht herausschleudern und dadurch verhindern, dass er zur Gewissheit wurde. Rahel gab sich diesmal Mühe, ihm Mut zuzusprechen.

„Du hast bestimmt recht, die meisten Straftaten werden von Männern begangen, sagt mein Papa."

„Die meisten …?!"

„Wir sind da", unterbrach Rahel ihren Partner, denn nun ragte der weiße Barbarossa vor ihnen auf. „Da ist der Zehnthof."

Sie befanden sich unterhalb des Hofes, den ein kleiner Park mit Trauerweiden umgab. Hierhin waren früher die Bauern der Umgebung gekommen, um den zehnten Teil ihrer Ernte dem Pächter des Zehnthofes zu bringen, der sie dann zusammen mit seinen eigenen Erzeugnissen weiterverarbeitete. Die Hälfte davon oder vom Erlös musste er dann der Kirche geben. Noch früher hatten die Kirchen oder Klöster selbst den Zehnten entgegengenommen.

Die Zweige der größten Trauerweiden reichten bis zum Boden. Sie sahen aus wie grüne Laubhäuschen, und bei Regen blieb man darunter bestimmt trocken, so dicht saßen die schmalen langen Blätter nebeneinander. Rahel fühlte sich unwohl bei diesem Anblick. Sie konnte sich gar nicht erklären, warum, denn eigentlich war es doch eine gemütliche Vorstellung, unter einem Laubdach zu wohnen.

Sie stellten ihre Räder an einer Laterne ab und gingen mit Caruso auf die Kaiserkopie zu. Der Hund hatte die Ohren aufgestellt und guckte aufmerksam. Kaum hatte Rahel das Kommando gegeben, hielt er genau auf die Statue zu. Der Riesenschnauzer schnüffelte nur kurz, dann bellte er die Figur an. Danach guckte er einmal zu Rahel und stellte sich auf die Hinterläufe und kratzte am Gürtel des blütenweißen Stauferkaisers. Rahel hatte Mühe, ihn von dem Kunstwerk wegzuzerren, bevor wieder jemand schimpfte. Moritz kam ihr zu Hilfe, und mit vereinten Kräften gelang es ihnen, das aufgeregte Tier zu beruhigen, das kurz vergessen hatte, was „aus" hieß.

„Feiiin!", rief Rahel, als Caruso wieder gehorchte, und löste die Leine. Sie gab Caruso das mitgebrachte Spielzeug. Er schnappte glücklich danach und rannte in großen, wilden Sprüngen davon. Sekunden später legte er die rote Hunde-Frisbeescheibe vor Rahels Füßen ab. Schwanzwedelnd und bellend forderte er sie zum Wurf auf. Das Mädchen tat ihm den Gefallen. Der Hund verschwand unter einer Trauerweide.

„Volltreffer", sagte Moritz. Aber er meinte nicht Rahels Wurf, sondern das gefundene Versteck.

„Klingt nach einem schlechten Scherz; da steckt der Schnee im weißen Kaiser."

„Welcher Schnee?"

„Das Kokain, es sieht weiß wie Schnee aus", erklärte Moritz.

„Ist mir egal, wie es aussieht. Wie kriegen wir das jetzt da raus, ohne dass das jemand mitkriegt? Das ist doch die Frage."

Rahel bückte sich zum zweiten Mal nach Carusos Spielzeug und warf es noch weiter weg. Moritz begann, an dem Schneekaiser herumzuklopfen. Nach ein paar Klopfzeichen machte er Pause, trat etwas zurück und schaute die Figur an, als sei sie soeben unter seinen bloßen Händen entstanden.

„Hältst du das für unauffällig?", fragte Rahel.

„Nicht wirklich, aber ich habe keine bessere Idee", sagte Moritz und klopfte weiter.

Alles klang hohl, bis er schließlich am Kopf angekommen war. Bis jetzt hatte noch niemand gefragt, was er da eigentlich machte.

„Da irgendwo ist es. Da klingt es anders."

„Stimmt", gab Rahel aufgeregt zu.

Moritz streckte sich, um an dem Kopf zu ziehen oder zu drehen, aber er saß fest.

„Vielleicht kann man die Krone abnehmen?", schlug Rahel vor.

„Die ist selbst für mich zu hoch. Da komme ich nicht dran", sagte Moritz. „Aber Moment …!"

Der Junge lief zu seinem Fahrrad an der Laterne, nahm es und schob es auf Rahel zu.

„Was hast du vor?", fragte sie und steckte Carusos Frisbeescheibe in ihre Jackentasche. „Aus, Caruso. Jetzt ist gut."

Der Hund setzte sich vor ihr nieder und ließ sich wieder an die Leine nehmen.

Moritz hatte inzwischen sein Rad an den Kaiser gelehnt und machte Anstalten, sich auf den Sattel zu stellen. *Ganz schön sportlich,* dachte Rahel gerade bewundernd, da schwankte Moritz. Er musste Barbarossa um den Hals fallen, um oben zu bleiben. Da die Statue fest im Boden verankert war, kippte sie nicht um.

„Halt mal fest!", bat Moritz Rahel, ohne nach unten zu gucken.

Doch die fasste bereits an das Rad und stemmte ihre Hüfte gegen den Sattel. Sofort stand Moritz sicherer. Rahel ließ ihre Blicke durch den Park schweifen. Hier war ganz schön was los! Berufstätige, die jetzt nach Feierabend auf dem Weg nach Hause oder zum Einkaufen waren, hasteten an ihnen vorbei, ohne sie eines Blickes zu würdigen. Andere, die ihre Hunde spazieren führten, achteten nur auf ihren tierischen Liebling. Aber die, die sich gerade mit einer Pommes oder einem Burger auf einer der Parkbänke niedergelassen hatten, schauten neugierig hinüber. An der anderen Seite des Parks stand ein Stück nachgebaute Stadtmauer. „Barbarossastadt Burgenach" stand in goldenen Lettern darauf, und golden war auch die Krone, nach der Moritz nun griff. Er bewegte sie vorsichtig, und tatsächlich! Sie saß lose auf dem weißen Haupt. Von unten war das nicht zu sehen gewesen.

„Ich glaube, hier ist was!", sagte Moritz.

„Warte mal", meinte Rahel, „es gucken zu viele Leute her. Wenn du jetzt einfach den Kopf von Barbarossa aufmachst, haben wir bald noch mehr Zuschauer."

„Die können wir nicht gebrauchen."

Moritz sprang vom Rad. Unschlüssig stand er in der Gegend herum. Die Vögel sangen ihr Abendlied, die Sonne neigte sich langsam dem Horizont zu. Zu gerne hätte er gewusst, wie viel von dem Kokain hier versteckt war. War das alles oder mussten sie noch weiter suchen? Rahel ließ sich zu den Füßen der Statue nieder und tippte auf ihrem Handy herum.

„Ich muss mal eben meinen Eltern schreiben, dass wir mit dem Rad weg sind und nachher wiederkommen. Die machen sich sonst Sorgen."

Moritz setzte sich neben sie.

„Ich dachte, dein Onkel wüsste Bescheid."

„Ja, aber manchmal erzählt er nicht alles. Ist besser, ich melde mich noch mal, wenn wir nicht wollen, dass sie nach uns suchen. Ich weiß nicht, ob Silas daran denkt. Wenn sie wissen, dass wir zusammen sind, ist es okay."

„Meinst du, dein Onkel erwähnt das Kokain? Er war dabei, als wir das Paket im Vorgarten gefunden haben."

„Ich weiß nicht", meinte Rahel. „Nur, wenn es wichtig genug für ihn ist. Wahrscheinlich wird er mehr über den vertrockneten Lavendel reden."

„Was hat er eigentlich für eine Behinderung?", fragte Moritz.

„Das weiß keiner so genau. ‚Frühkindlicher Hirnschaden' heißt die Diagnose."

Rahel tippte weiter und schickte die Nachricht ab. Moritz beobachtete sie und guckte auch nicht weg, als sie aufsah. Sein Auge war inzwischen dunkelblau und fast zugeschwollen. Rahel wurde rot.

„Was ist?", fragte sie.

„Nichts", sagte Moritz und sah weg.

„Keine Angst, ich habe jedenfalls nicht geschrieben, was wir hier machen", sagte Rahel. „Soll ich Silas und Ronny schon Bescheid geben, dass sie aufhören können zu suchen?"

„Erst, wenn wir sicher sind, dass es alles ist."

Sie schwiegen und warteten, bis die letzte Pommes der neugierigen Beobachter aufgegessen war. Es wurde kühler, und die Menschen verließen allmählich den Park. Als niemand mehr zu sehen war, stieg Moritz wieder auf den Sattel. Rahel hielt das Fahrrad. Der Junge ruckelte und zog vorsichtig an der Krone. Diesmal löste er sie ganz und hob sie ab. Er stieß einen Pfiff aus.

„Da ist es!", sagte Moritz. Er klang, als hätte er die Entdeckung des Jahrhunderts gemacht. „Der Kopf ist hohl, aber im Hals ist ein Metallgitter. Darauf liegt das Kokain."

„Alles?", fragte Rahel.

„Jawohl! Du kannst Bescheid sagen. Sie können hierherkommen."

Ächzend holte Moritz das erste Päckchen aus dem Kaiserkopf. Es war gar nicht so einfach aus der Figur herauszubekommen, war aber nur ungefähr halb so schwer wie das, das unter dem Lavendel gelegen hatte. Der Junge wog es in der Hand.

„Bestimmt drei oder dreieinhalb Kilo", schätzte er und warf Rahel das Päckchen ohne Vorwarnung zu.

„Hey, Vorsicht!", rief sie, fing aber die Drogen sicher auf. „Spinner!"

Moritz fischte das zweite Paket aus dem Kaiser und setzte die Krone zurück an ihren Platz. Die Drogen hatte er zwischen die Beine geklemmt. Bevor er sie wieder in die Hand nehmen konnte, um auf den Rasen zu springen, rutschte ihm das Päckchen weg und fiel Barbarossa zu Füßen. Eine Sekunde später landete Moritz neben Rahel im Gras. Gerade wollte er das Päckchen aufheben, da sprang Caruso bellend auf ihn zu. Seine Schnauze war gefährlich nah an dem Kokain, und es sah aus, als würde er jeden Moment hineinbeißen. Doch kurz bevor er zuschnappen konnte, kam ihm Rahel zuvor und riss das Päckchen an sich.

„Bist du verrückt?", fuhr sie Moritz an. „Pass doch besser auf, Mann! Der Hund darf da auf keinen Fall reinbeißen. Das kann tödlich für ihn sein!"

„Tut mir leid, ich habe vergessen, dass er da so wild drauf ist!", entschuldigte sich Moritz. „Es ist mir runtergefallen."

Rahel schüttelte tadelnd den Kopf und nahm ihr Handy ans Ohr. Sie hatte bereits die Nummer ihres Bruders gewählt.

„Hi, Silas", sagte sie dann. „Ihr könnt aufhören mit der Suche. Caruso hat alles gefunden. Wir sind beim weißen Kaiser im Stadtpark. Wir warten hier auf euch. Beeilt euch also!"

Silas starrte erschrocken auf sein Handy. Rahel hatte gerade aufgelegt, da fiel ihm plötzlich ein, warum er trotz der Drohung des Kolumbianers doch besser sofort einem Erwachsenen Bescheid gesagt hätte. Mittlerweile hatte er es zweimal vergeblich bei Papa und Opa versucht.

„Was ist los?", fragte Ronny. „Warum guckst du so?"

„Rahel ist mit Moritz unterwegs", sagte Silas und drückte Rahels Nummer. Er musste sie warnen.

„Sag bloß!", meinte Ronny ironisch. „Und ich bin mit dir unterwegs. Das haben wir zusammen so abgemacht, und ich war dabei."

Doch Silas blieb ernst. Er konnte nicht über die Bemerkung lachen.

„Wenn der Südamerikaner Herrn Passlack so genau beobachtet hat, dass er wusste, wo er wohnt, und mehrmals dort aufgetaucht ist, dann hat er jetzt ganz bestimmt auch Moritz im Auge!", sagte er.

Ronny verstand sofort. Eigentlich war das das Logischste von der Welt.

„Mann, Silas! Du hast recht; wenn die Drogen so viel wert sind, sitzt der, dem sie gehören, bestimmt nicht einfach so herum und wartet ab, bis es endlich acht Uhr ist!"

„Genau."

„Wir sind Idioten!", rief Ronny.

Silas nickte und biss sich nervös auf die Lippen.

„Nun geh schon ran!", stöhnte er heiser.

Aber so sehr er sich auch wünschte, dass Rahel endlich abhob, es nützte nichts. Alles, was er zu hören bekam, war die Mailbox und nicht die Stimme seiner kleinen Schwester. Nach zwei weiteren vergeblichen Versuchen steckte Silas sein Smartphone zurück in die Hosentasche.

„Sie geht nicht ran. Weißt du, wie man am schnellsten zum weißen Kaiser im Stadtpark kommt?", fragte er Ronny. „Oder bleiben wir auf dem Rundweg?"

„Nein, ich kenne eine Abkürzung. Es ist nicht weit."

Auch Ronny war jetzt ernst. Seine Stimme klang ebenso besorgt wie die von Silas. Die Jungs schwangen sich auf ihre Räder.

„Vielleicht hat sie nur gerade nicht abnehmen können", versuchte Ronny eine harmlose Erklärung zu finden, aber für besonders wahrscheinlich hielt er das auch nicht.

Ohne ein weiteres Wort sauste der ortskundige Junge über eine große Wiese, die zur Barbarossastraße führte. Hier schlug im Herbst immer der Zirkus Carlos Rodilla sein Zelt auf, aber jetzt war sie zum Glück frei. Nur ein paar Jugendliche spielten noch Fußball. Die beiden Jungs holperten über Maulwurfshügel und rollten durch tiefe Löcher. Die Zirkuswiese glich eher einem mit Gras bewachsenen Acker als einem Fußballplatz. Aber als sie auf der breiten Straße waren, die mitten durch den Ort führte, kamen sie besser voran. Silas entdeckte ungeahnte Kräfte und strampelte, als führe er um sein Leben. Er hätte sich ohrfeigen können, dass er sich so sicher gefühlt hatte. Was hatte ihn da nur geritten? Er war doch sonst so vernünftig. Er hätte besser auf Rahel und sich aufpassen müssen.

„Bitte, lieber Vater im Himmel, vergib mir, dass ich auf eigene Faust gehandelt habe, ohne dich um Rat zu fragen", keuchte er. Er schwitzte, obwohl es immer kälter wurde. „Bitte, beschütze Rahel und Moritz und …"

„He, hast du mit mir gesprochen?", rief Ronny über die Schulter. „Ich verstehe kein Wort."

„Nein, schon gut, du bist nicht gemeint."

„Führst du Selbstgespräche?"

„Nein, ich rede mit Gott. Ich habe gebetet."

„Hoffentlich hört er dich."

Silas erwiderte nichts mehr. Er bekam jetzt kaum noch Luft und schwor sich, in Zukunft öfter mit dem Fahrrad zu fahren und mehr Sport zu machen, wenn sie alle hier heil herauskamen.

Die Barbarossastraße zog sich etwas, und einmal hätten sie an einer Ampel halten müssen, wenn Ronny nicht auf den Bürgersteig gewechselt wäre. Kurz nach der Ampel fuhr er wieder auf die Straße. Von Weitem war jetzt der Zehnthof zu sehen. Nur noch am Schloss und an der Sparkasse vorbei, dann waren sie am Park angekommen. Er war menschenleer.

„Wo sind sie?", fragte Ronny und drehte sich zu Silas um.

Der hatte ein krebsrotes Gesicht und feuchte Haare. Er schnaufte und konnte nicht sofort antworten.

„Du siehst aus, als müsstest du kotzen, Kumpel!", stellte Ronny wenig charmant fest.

Silas zeigte mit dem rechten Arm zum weißen Kaiser. Ronny folgte ihm mit den Augen und sah den schwarzen Schnauzer. Caruso war mit seiner Leine an Friedrich Barbarossas Ebenbild gebunden. Nur noch heiseres Bellen kam aus seiner Kehle. Silas stieg wieder auf und rollte zu dem Hund. Er schmiss das Rad ins Gras und begrüßte Caruso, der vor Freude winselte. Der Rüde verstand nicht, warum er hier angebunden war.

„Hey, brav, Caruso", sagte Silas und löste die Leine von der Figur, während der Riesenschnauzer seine Hand leckte. „Braver Junge!"

Ronny hielt gebührenden Abstand. Er war bereit, jederzeit mit seinem Rad die Flucht zu ergreifen. Silas sah zu ihm.

„Komm ruhig näher! Ich halte ihn fest", rief er und tätschelte Carusos Kopf. „Rahel hat ihn bestimmt nicht freiwillig hiergelassen."

„Und Moritz sein teures Fahrrad auch nicht."

Ronny hatte das Luxusbike im Gras hinter der Statue entdeckt. Silas sah sich um. An der Laterne entdeckte er das Fahrrad seiner Schwester und wandte sich wieder dem Hund zu.

„Wo ist Rahel, Caruso?! Kannst du sie finden?"

Der Hund bellte, als hätte er Silas verstanden.

„Such, Caruso! Such Rahel!", befahl der Junge und ließ die Leine locker.

Der Hund gehorchte sofort und lief mit der Nase am Boden geradeaus auf eine große Trauerweide zu, deren Zweige bis zum Boden reichten. Caruso schlüpfte durch die hängenden Blätter und zog Silas hinter sich her. Unter dem Baum mussten sich Silas' Augen erst an das dämmrige Licht gewöhnen. Caruso hatte dieses Problem nicht. Seine Nase sah auch im Dunkeln. Er schlug an. Ronny bog von draußen die Zweige zur Seite.

„Was gefunden da drin?"

„Ja", sagte Silas und kam durch die Lücke im Laub wieder hinaus. „Rahels Halstuch. Und da ...", sagte er, bevor seine Stimme versagte. Stumm hielt er Ronny das beige Stück Stoff mit dem hässlichen Fleck entgegen.

„Da ist ja Blut drauf!", stellte Ronny entsetzt fest.

WERNER

Einmal werd ich sein bei Gott, bei ihm daheim. Frieden, Freiheit und Jubelton, dort vor Gottes Thron! Einmal kehr ich heim. Er wird mein alles sein. Einmal wischt er die Tränen fort, heilt mein Herz durch sein Wort. Einmal!"

Rahels Mutter schmetterte inbrünstig den neuen deutschen Text zu einer bekannten englischen Musicalnummer. Sie war so vertieft in ihre Übung, dass sie den ungebetenen Zuhörer auf der Terrasse nicht sah. Ihre Finger klimperten ab und zu ein paar Akkorde auf dem Klavier, dann wieder notierte sie etwas mit Bleistift in die Noten. Jetzt begann sie mit der Bridge, die hier die zweite und dritte Strophe voneinander trennte.

„Einmal lauf ich durch goldene Gassen, irdischer Schmerz wird verblassen. Einmal. Einmal heimgekehrt, ein Glück, das ewig währt. Loben, preisen und jubilier'n! Liebe, Freude und Glück regier'n. Immer, ewig, einma – aaah!!!!"

Der letzte hohe Ton ging in einen noch höheren, spitzen Schrei über und brach abrupt ab, als es von draußen an die Glastür klopfte. Hannah Schmickler presste zu Tode erschrocken die rechte Hand auf ihre Brust und schnappte nach Luft.

„Meine Güte, Werner! Was machst du denn da auf die Terrasse?“, fragte sie, als sie sich wieder gefasst hatte. Sie ging zur Tür und öffnete sie, um den Überraschungsgast hineinzulassen.

„Es tut mir leid, Hannah, ich wollte dich nicht erschrecken“, entschuldigte sich der Pastor.

Das Zucken um seine Mundwinkel konnte er aber kaum verbergen. Der Schrei der Opernsängerin hatte einfach zu laut und zu witzig geklungen. Wahrscheinlich war er noch im sechs Kilometer entfernten Burgenach zu hören gewesen. Auch Hannah grinste jetzt.

„Warum hast du nicht einfach geklingelt?“

„Ich habe sogar dreimal geklingelt, aber du hast mich wohl nicht gehört. Ich bin mit Peter verabredet, aber ich bin etwas zu früh und habe ihn draußen nirgends entdecken können.“

„Ja, er ist noch im Wald, müsste aber jeden Moment zurück sein. Möchtest du solange einen Kaffee?“

„Gerne.“

Werner folgte Frau Schmickler in die Küche und nahm auf der Eckbank Platz.

„Was hast du da eigentlich gesungen? Die Melodie kommt mir bekannt vor, aber es war nicht der Originaltext, oder?“

Hannah lächelte und gab mit der Hand einen Löffel Kaffeepulver in den Filter.

„Nein, da hast du recht. Hat dir der Text gefallen?“

„Ja, er klingt nach Hoffnung und Freude, nein, halt, eher Gewissheit und Freude, auch wenn sie noch in der Zukunft liegt, und er passt zu der Melodie.“

„Respekt! Das haben Sie gut zusammengefasst, Herr Pastor“, neckte Hannah und füllte Wasser in die Kaffeemaschine. Dann drückte sie den Knopf und nahm zwei Tassen mit Untertassen aus einem der Hängeschränke.

„Milch?“, fragte sie und stellte das Geschirr auf den Tisch. Als Werner nickte, öffnete sie die Kühlschranktür. Sie schüttete vorsichtig etwas Milch in ein Glaskännchen.

„Das war aus der *Westside Story* von Leonard Bernstein. Ich mag das Original, auch wenn es eigentlich etwas zu tief für mich ist.“

„Ach! *Somewhere!* Jetzt erinnere ich mich. Klar.“

„Genau. Zucker?“

„Nein, danke. Schreibst du öfter Texte selbst?“

Überrascht drehte Hannah sich um. Eine kleine, freundliche Denkfalte erschien zwischen ihren Augenbrauen. Langsam setzte sie sich an den Tisch und sah Werner an.

„Woher weißt du, dass das mein Text war?“

Werner grinste.

„Ich wusste es nicht. Ich habe geblufft“, gab er unumwunden zu.

„Du klangst aber sehr überzeugend. Bluffen kannst du genauso gut wie dich anschleichen! Ich habe nichts davon gemerkt, dass du hinten herum zur Terrasse gekommen bist. Wo hast du das gelernt? Bestimmt nicht auf dem theologischen Seminar, oder?“

Das war natürlich keine ernst gemeinte Frage. Trotzdem verrutschte Werners Grinsen. Er schüttelte den Kopf und sah plötzlich verlegen auf die Tischplatte. Doch Hannah bemerkte es nicht, denn im selben Moment röchelte die Kaffeemaschine laut. Wasserdampf zischte aus dem Filter und entwich nach oben. Frau Schmickler stand auf und goss erst Milch und dann den heißen Kaffee in die Tassen.

„Es klang wirklich schön“, sagte Werner leise.

„Danke.“

Hannah nippte an ihrem Milchkaffee.

„Und es wirkte nicht gezwungen.“

„Nein, die Silbenverteilung passt genau zu den Noten.“

„Hast du den Text schon einmal eingeschickt?“

„Diesen nicht. Es gibt schon eine deutsche Übersetzung, und der Verlag müsste eine weitere genehmigen. Außerdem muss auch der amerikanische Originalverlag jeder weiteren deutschen Übersetzung zustimmen.“

„So kompliziert?!“

Hannah lachte.

„Ja, so kompliziert.“ Sie nahm noch einen Schluck. „Ich kann es nur für mich im stillen Kämmerlein singen.“

Werner nickte auf einmal ernst.

„Als Gebet. Ja, es ist ein schöner Text für ein Gebet.“

„Kriege ich auch einen Kaffee, Hannah?“, rief Peter Schmickler aus dem Flur.

„Aber sicher, Paps! Rate mal, wer hier schon auf dich wartet.“

„Werner Schrober, ich habe sein Auto draußen gesehen.“

Ihr Schwiegervater schaute kurz um die Ecke, bevor er zurück in den Schmutzraum ging.

„Hallo, Werner, ich bin sofort fertig.“

„Paps wäre deine Anwesenheit auf der Terrasse ganz bestimmt nicht entgangen. Bei dem haben Heimlichkeiten keine Chance“, flüsterte Hannah.

„Nein, da hast du recht“, sagte Werner. „Vor Peter kann man nichts geheim halten.“

„Wo ist eigentlich …?“, fingen Herr Schmickler und seine Schwiegertochter gemeinsam an, als Peter Schmickler die Küche betrat. Sie lachten.

„Du zuerst“, sagte Herr Schmickler.

„Wo ist eigentlich Anton? Er wollte zu dir, ich dachte, ihr kommt zusammen zurück.“

„Ach, und ich dachte, er würde hier sein Holz sortieren. Na, dann haben wir uns wohl verpasst. Caruso bringt ihn schon nach Hause.“

„Nein“, sagte Hannah. „Die Kinder haben Caruso dabei. Das hat jedenfalls Anton gesagt.“

Nachdenklich zog Herr Schmickler die buschigen Augenbrauen zusammen und nahm den dampfenden Kaffee entgegen.

„Und wo sind die Kinder hin?“

„Mit dem Fahrrad unterwegs. Wo genau, weiß ich nicht, aber sie sind zu dritt. Dieser Ronny ist wohl auch dabei. Vielleicht sogar Moritz.“

„Das ist doch schön, dass sie schon Freunde gefunden haben“, meinte Werner.

„Na ja, ob es richtige Freunde sind, weiß ich nicht. Aber zumindest knüpfen sie die ersten Kontakte, und das ist gut so, da hast du recht.“

„Willst du sie anrufen oder soll ich nach ihnen suchen?“, fragte ihr Schwiegervater.

Doch Hannah winkte ab.

„Nein, nein. Wenn sie zusammen unterwegs sind und ihre Handys dabeihaben, kommen sie schon zurecht. Ich will mich da nicht zu viel einmischen. Rahel hat mir eben erst eine Nachricht geschickt.“

„Dann können wir in mein Arbeitszimmer gehen, Werner. Danke für den Kaffee!“

„Ja, danke“, sagte auch Werner und stand auf.

„Gern geschehen. Komm ruhig auch mal vorbei, wenn Paul da ist.“

„Mache ich, aber dann klingle ich viermal vorne“, sagte Werner und verließ grinsend die Küche.

„Das will ich dir auch geraten haben!“

In gespielter Empörung stemmte Hannah die Hände in die Hüften. Sie schaute den Männern nach, die in Richtung Arbeitszimmer gingen.

„Ich habe nur eine kurze Frage, Peter“, hörte sie Werner

sagen. „Allzu lange wollte ich nicht bleiben, muss noch etwas in der Stadt erledigen."

Dann schloss sich die Tür hinter den Männern, die wie alte Freunde wirkten, obwohl sie sich noch nicht lange kannten.

„Freut mich für dich, Paps!", sagte Hannah leise.

MARCO

Jetzt war Rahel klar, warum der Baum sie misstrauisch gemacht hatte. Die langen Zweige der Trauerweide, die das Innere der grünen Höhle vor ihren Augen verbargen, hatten sie nicht ohne Grund gestört. Hinter dem blickdichten Vorhang aus schmalen Blättern hatte eine böse Überraschung auf sie gewartet. Aber dass sie nun schlauer war, nützte jetzt auch nichts mehr. In Zukunft würde sie besser aufpassen, wenn sie noch eine Zukunft hatte.

„Los, ein bisschen schneller!", schnauzte Marco und drückte dem Mädchen, das er am Ellbogen führte, das Springmesser fester in den Rücken.

„Ich beeil mich doch schon", versicherte Rahel dem jungen Mann, der mit ihnen auf dieselbe Schule ging. Bisher hatte sie nicht gewusst, wie der Oberstufenschüler hieß, und sie hätte gerne auch weiter auf dieses Wissen verzichtet. „Dein Auto läuft uns schon nicht davon."

„Halt die Klappe, sonst kassiert dein Freund beim nächsten Mal etwas mehr als ein blaues Auge und Nasenbluten."

„Das ist nicht mein Freund", sagte Rahel und versuchte, einen Blick auf Moritz zu erhaschen, der schräg vor ihr ging. In seinem Rucksack trug er jetzt nicht nur das Kokain aus dem

Vorgarten, sondern auch die Tasche mit den Drogenpäckchen aus der Statue. Moritz war weniger gesprächig als sie und sagte auch jetzt nichts. Rahel konnte es ihm nicht verdenken, wenn er wütend auf sie war. Wenigstens blutete seine Nase nicht mehr. Das meiste Blut war in ihr Halstuch gelaufen, das sie ihm schnell gereicht hatte, nachdem Marcos Faust in seinem Gesicht gelandet war. Etwas anderes hatte sie nicht zur Hand gehabt. Dann hatte Moritz dieselbe Idee gehabt wie sie und das Tuch auf den Boden geworfen, um einen Hinweis für Silas und Ronny zu hinterlassen. Sie würden bestimmt versuchen, ihnen mit Caruso zu folgen, und die Polizei informieren. Hoffentlich …

„Ist mir egal", sagte Marco. „Ihr seid solche Pfeifen."

Rahel wurde rot. Der Mistkerl hatte auch noch recht. Warum nur hatte sie Caruso an die Statue gebunden, um ihr Fahrrad zu holen? Genau in dem Moment war Marco unter dem Baum hervorgekommen und hatte sich Moritz geschnappt und ihn mit dem Messer bedroht. Wie ein Bankräuber hatte er ihr den dreckigen Leinenbeutel zugeworfen und sie gezwungen, die Drogenpäckchen hineinzulegen. Bei der Erinnerung stöhnte Rahel auf. Sie war so dumm gewesen und hatte versucht, bei dieser Gelegenheit Carusos Leine zu lösen. Blitzschnell und ohne Vorwarnung traf daraufhin Marcos Faust die hübsche Nase des armen Moritz. Das hässliche Geräusch und Moritz' Aufschrei hatten sie herumfahren lassen, noch ehe Caruso frei war.

„Mach das nicht noch mal!", hatte Marco gedroht, während Moritz das Blut aus der Nase lief. Rahel hatte den nur noch winselnden Caruso schweren Herzens zurücklassen müssen. Warum nur war der Park ausgerechnet in diesem Moment menschenleer? Was eben noch ein Vorteil gewesen war, hatte sich jetzt in einen Nachteil verwandelt.

„Hier, in das Parkhaus", kommandierte der junge Mann mit dem Messer jetzt.

Sie waren an dem grauen Betonbau schräg gegenüber vom Burgenacher Schloss angekommen. Es war eher ein Schlösschen, erbaut im 19. Jahrhundert auf dem Kellergewölbe einer kleinen mittelalterlichen Burg. Rahel begriff nicht, warum ihr das gerade jetzt durch den Kopf ging. Verstehe einer sein eigenes Gehirn! Sie wünschte, es würde nach Fluchtmöglichkeiten suchen, aber nein, es wollte sich mit Geschichte befassen. Das Parkhaus war nicht so prächtig wie das Schloss, sondern zugig und kalt, da es an zwei Seiten offen war. Eigentlich war es mehr ein doppeltes Parkdeck. Die Sonne kratzte schon am Horizont und würde bald untergehen. Es dämmerte leicht. Zwischen den ganzen Autos war es bereits dunkler, denn die Beleuchtung im Parkhaus war noch nicht eingeschaltet.

„In die zweite Etage. Geh zur Rampe!“, sagte Marco leise.

Er schaute sich flüchtig um. Niemand war zu sehen, obwohl die Parkdecks zur Hälfte gefüllt waren.

„Wehe, ihr macht Ärger!“

Sie näherten sich einem roten Toyota Corolla. Er war alt und nicht weniger verbeult als Moritz' Gesicht. Links daneben parkte ein großer schwarzer Transporter. Er berührte den breiten, eckigen Lüftungskanal, der freischwebend von der Decke herabhing, fast mit seinem Dach. Zwischen Lüftungskanal und Parkhausdecke waren noch etwa 40 cm Platz. Moritz wunderte sich nur kurz über die Platzverschwendung, da warf Marco ihm seinen Autoschlüssel zu.

„Kofferraum aufmachen“, befahl er.

Moritz fing den Schlüssel auf, steckte ihn ins Schloss und öffnete die Klappe. Danach guckte er Marco fragend an.

„Rucksack rein!“

Moritz gehorchte. Er nahm den Rucksack ab und legte ihn in den Kofferraum.

„Und jetzt hau ab!“, befahl Marco ihm.

Moritz machte zögernd ein paar Schritte rückwärts.

„Und Rahel?“, fragte er und starrte auf den Boden.

„Die bleibt noch ein bisschen bei mir und passt auf die Drogen auf.“

Marco grinste und schubste Rahel Richtung Kofferraum.

„Los, steig ein!“, sagte er.

Rahel wurde blass und schüttelte den Kopf

„Nein!“, flüsterte sie heiser. „Das ist nicht lustig, das ist Entführung!“

„Ich wollte auch nicht lustig sein“, sagte Marco kalt. „Wenn ihr euch mit uns anlegt, müsst ihr früher aufstehen und weniger auffällig in Vorgärten rumwühlen.“

Marco zog den Schlüssel ab und machte einen Schritt auf Rahel zu.

„Und dein fetter Bruder sollte demnächst ein bisschen leiser brüllen, wo ihr hinwollt. So brauchte ich bloß am Rathaus auf euch zu warten.“

Er schüttelte den Kopf.

„Pfeifen, sag ich ja! Jetzt stell dich nicht so an“, herrschte er Rahel an. „Da ist genug Luft drin, und ich lass dich im Wald raus. Bin ja nicht bescheuert. Aber mischt euch in Zukunft nicht mehr in unser Geschäft.“

Verzweifelt versuchte Rahel, den Kloß im Hals herunterzuschlucken. Ihre Knie zitterten, als sei sie eine Stunde in kaltem Wasser geschwommen, und ihre Augen füllten sich mit Tränen. Stumm kletterte sie in den Kofferraum. Das hier war selbst für sie zu viel Aufregung.

„Kopf weg!“

Rahel legte sich auf die Seite. Marco schlug die Klappe mit einer Hand zu und zog den Schlüssel ab.

„Jetzt zieh Leine“, sagte er zu Moritz, der sich immer noch nicht vom Fleck bewegt hatte. „Deiner Freundin passiert schon nichts. Jedenfalls nicht, wenn du brav bist und nicht zur Polizei läufst.“

Er fühlte sich so sicher, dass er das Messer sinken ließ.

„Das ist nicht meine Freundin“, widersprach Moritz plötzlich und sah Marco jetzt direkt an. Er stand fest auf beiden Beinen und widersetzte sich dem Befehl des Stärkeren.

„Hast du sie noch alle?“, fragte Marco und ging drohend zwei Schritte auf Moritz zu. Der wich aber nicht zurück. Marco stand jetzt genau an dem schwarzen Transporter. Genau dort, wo er ihn haben wollte.

„Hast du noch nicht genug? Willst du auch noch eine dicke Lippe?“

Moritz schaffte es tatsächlich zu grinsen. Denn er sah etwas, was Marco nicht sehen konnte, da es direkt über ihm schwebte. Genauer gesagt lag dieses Etwas auf dem eckigen, flachen Lüftungsschacht, und Marco hätte den Kopf sehr weit nach hinten beugen müssen, um es zu entdecken. Dazu hatte er aber keinen Grund, denn sein Gegner befand sich vor ihm. Dachte er jedenfalls. Deshalb wusste nur Moritz, dass das Etwas, das dort knapp unter der Betondecke des Parkhauses lauerte, ein Jemand war, und er ahnte, was gleich geschehen würde. Marco dagegen war ahnungslos und strotzte vor Selbstbewusstsein. Er richtete sich zu seiner vollen Größe auf, nahm die Schultern zurück und blickte Moritz von oben herab an, als sei er ein lästiges, aber vollkommen harmloses Insekt. Der vermeintlich geschlagene Gegner hielt den Blick stier auf Marco gerichtet, um nichts zu verraten. Wenigstens einmal wollte er heute Glück haben.

„Grins nicht so blöd!“, schnauzte Marco Moritz an. „Und mach dich endlich vom Acker.“

Beschwichtigend hob der Zehntklässler die Arme und guckte ernst.

„Schon gut! Schon gut!“, gab er nach und tat so, als würde er zurückweichen.

Plötzlich aber fiel aus dem Dunkel über Marco ein großer, schwerer Schatten herab. Er war ziemlich genau einen Meter und 86 cm lang und rutschte fast lautlos vom Lüftungskanal. Jetzt hätte der Zwölftklässler sehen können, wer sich da auf ihn herabfallen ließ, aber es war zu spät. Schon im nächsten Moment brach Marco völlig überrumpelt unter der Last von Ronnys Körper zusammen, kippte zur Seite, und da alles so schnell ging, konnte er sich nicht mal mit den Händen abstützen. Ungebremst knallte er mit dem Kopf auf den Boden. Sein Messer fiel ihm aus der Hand. Es rutschte über den Beton wie ein Schlittschuh übers Eis und verschwand unter einem anderen Auto. Aus dem Raum zwischen dem schwarzen Transporter und dem nächsten geparkten Pkw trat zügig ein weiterer, kleinerer und dickerer Schatten hervor. Er war weit von seiner Traumgröße von einem Meter und neunzig entfernt. Es war Silas, Rahels Bruder. An der Leine hielt er einen stummen Caruso. Ronny kniete jetzt bereits auf Marco, der außer Gefecht gesetzt war.

„Ist er k. o.?“, fragte Silas unnötigerweise.

Ronny stand auf.

„Sieht ganz so aus“, japste er.

„Gratuliere. Reife Leistung, dein Kletterkunststück“, lobte Silas.

„Na ja, so schwierig war das auch nicht. Von der Motorhaube des Transporters kommt man leicht auf das Dach. Von dort auf den Lüftungsschacht war es nicht weit. Die Idee war schließlich von dir“, gab Ronny das Lob zurück.

„Ja, aber nur du kanntest Marcos Auto und das Parkhaus, das er normalerweise benutzt! Sonst wären wir zu spät gekommen.“

Was dieses „zu spät“ für Rahel bedeutet hätte, das wollte er sich lieber nicht ausmalen.

„Ja, wir haben Glück gehabt, dass es auch tatsächlich Marco war, der den beiden aufgelauert hat."

„Die Chance stand fifty-fifty", sagte Silas erleichtert. „Schätze, den Kolumbianer hätten wir nicht so leicht überwältigen können."

„Mann, bin ich froh, euch zu sehen", stieß Moritz hervor, der jetzt nähergekommen war.

Rahel hämmerte wild von innen an die Kofferraumklappe. Dumpf hörte man ihre Stimme.

„Was ist da los? Lasst mich hier raus!"

„Marco ist für den Moment ausgeknockt. Geht es dir gut?!", fragte Silas besorgt. Er sah sich um. Der Autoschlüssel steckte nicht mehr im Schloss.

„Ja! Ich will nur hier raus!"

„Augenblick! Wir suchen gleich nach dem Schlüssel."

Rahel hörte auf zu hämmern, und Silas kniete sich neben den Bewusstlosen. Er hielt sein rechtes Ohr an dessen Mund. Warme, feuchte Luft strömte an seine Wange.

„Gott sei Dank, er atmet noch. Auf Mund-zu-Mund-Beatmung können wir verzichten. Jedenfalls im Moment."

„Was machen wir jetzt mit dem?", fragte Ronny.

„Fass mal mit an", sagte Silas, und gemeinsam zogen sie Marco die Arme auf den Rücken.

Auch wenn es so aussah, als sei der Gegner für heute schachmatt, fesselten sie ihn sicherheitshalber mit Rahels blutigem Halstuch. Dann stemmten sie ihn gemeinsam auf die Seite und bogen ihm den Kopf in den Nacken, damit er besser atmen konnte.

„Wo ist denn dieser blöde Schlüssel?", stöhnte Silas und blickte suchend umher.

„Der muss hier irgendwo rumliegen, Marco hatte ihn gerade noch in der Hand", meinte Moritz.

„Was ist?!", rief Rahel. „Wie lange dauerte das denn noch?"

„Wir finden den Schlüssel nicht."

„Das darf doch nicht wahr sein! Dann ruf den Schlüsseldienst an", jammerte das Mädchen.

„Erst mal rufe ich jetzt die Polizei!", sagte Silas und kramte nach seinem Smartphone.

„Nein!", rief Moritz und leuchtete mit dem Handy unter die geparkten Fahrzeuge. „Wir finden den Schlüssel schon."

„Sag mal, war dir das noch nicht gefährlich genug?", fuhr Silas ihn an. „Rahel hätte tot sein können. Und guck mal, wie du aussiehst. Wir müssen jetzt die Polizei rufen!"

Moritz fasste sich an die geschwollene Nase.

„Aber mein Vater …!"

„Könnt ihr das später diskutieren?", dröhnte Rahel aus dem Kofferraum. Aber niemand antwortete ihr.

„Die werden deinen Vater schon beschützen", schlug Ronny sich jetzt auf Silas' Seite. „Silas hat recht. Wir brauchen Hilfe. Die Polizei kann den Kofferraum auch aufbrechen. Bis sie hier ist, suchen wir weiter."

„Genau. Stellt euch nur mal vor, der Kolumbianer hätte euch abgefangen", sagte Silas. „Wir können von Glück sagen, dass es nur Marco war!"

„War schlimm genug mit ihm, oder?", fragte Ronny und warf einen Blick in Moritz' Gesicht.

„Aber trotzdem wäre der Kolumbianer schlimmer gewesen", wiederholte Silas. Er hatte sein Handy in der Hand.

„Da hast du recht", gab Moritz zu.

„¡El colombiano está aquí!"

Silas fuhr herum, als er das harte Spanisch hinter seinem Rücken hörte. Nur ein paar Meter von ihnen entfernt stand der Typ, dem die Drogen gehörten, und sie blickten in den Lauf seiner Pistole. Im Dunkeln hatte niemand den Südamerikaner kommen gesehen. Selbst Caruso hatte nicht gebellt. Er schnüffelte immer noch winselnd am Kofferraum. Der

Mann bewegte sich ganz langsam und ruhig. Er sprach freundlich, und bis gerade eben hatte niemand Angst vor ihm gehabt, weil er unsichtbar gewesen war. Doch nun begann der Hund, seine Gewaltbereitschaft und die Angst der Kinder zu wittern. Er knurrte drohend. Silas trat schnell auf die Leine. Der Kolumbianer hob die Waffe und zielte auf den Hund.

„*¡El perro va a morir!*", sagte er langsam und deutlich.

Doch bevor er abdrücken konnte, stellte sich Silas vor den Hund. Er hatte als Einziger verstanden, dass Caruso eine Kugel drohte.

„Nein, nicht!", rief er. „Ich binde ihn fest. Er tut nichts. Hier."

Eilig hob er das Leinenende auf und zerrte den Riesenschnauzer zu einem der Betonpfeiler des Parkhauses. Dort band er ihn sorgfältig fest und hielt dann die Hände in die Luft.

„Ich rufe auch nicht die Polizei. *¡No policía!*"

Caruso begriff nicht, warum er schon wieder festgebunden wurde. Traurig winselnd sah er zu Silas, dann knurrte er wieder den Kolumbianer an.

„*¡Bueno,* gut!", sagte der Mann mit der Waffe zufrieden. „*¡Los celulares!*", befahl er dann.

Silas hielt sofort sein Smartphone in die Höhe.

„Hier!", sagte er und ging in die Knie, um sein Handy auf den Boden zu legen. Auch Ronny und Moritz gaben ihre Mobiltelefone ab. Sie brauchten keine deutsche Übersetzung. Es lag auf der Hand, was der Südamerikaner wollte. Er trat fest auf jedes Handy und kickte es anschließend zur Seite. Ronny sah aus, als hätte er soeben erfahren, dass alle deutschen Fast-Food-Restaurants für immer schließen würden. So schnell würde er sich kein neues Handy leisten können.

„Da ist der Schlüssel!", sagte Moritz auf einmal.

Er war auf der Motorhaube eines grauen VW-Passats gelandet, der neben Carusos Säule parkte, und Moritz stand direkt daneben. Er nahm den Schlüssel in die Hand und hielt ihn in die Luft.

„*¡Muy bien, amigo!*", sagte der Mann. Seine Mundwinkel zuckten. „*Muchas gracias por tu ayuda.* Vielen Dank für deine Hilfe."

Er gab Moritz ein Zeichen, und der verstand, dass er den Kofferraum öffnen sollte.

„*Toma las drogas y entonces nos vamos a la estación.*"

Silas schluckte.

„Er will, dass du die Drogen rausholst, und dann sollen wir alle zum Bahnhof gehen."

„*¡No, no,* nicht alle! *¡Solo tres,* nur drei!", befahl der Kolumbianer.

Rahel nahm Moritz nicht wahr, als die Klappe aufging. Sie starrte erst auf Marcos leblosen Körper und dann nur noch in das Gesicht des Fremden. Seine dunkelbraunen Augen beachteten sie nicht. Ihr war schlagartig klar, dass sie allein in ihrem Gefängnis zurückbleiben würde. Der Kolumbianer hatte nicht die Absicht, sie mitzunehmen.

DEUS MANET

Sie hatte recht gehabt. Der Südamerikaner hatte lediglich den Rucksack herausgenommen und auch Rahels Handy einkassiert. Auf den ersten und einzigen Blick, den sie in sein sonnengebräuntes Gesicht werfen konnte, hatte sie registriert, wie zufrieden seine braunen Augen glänzten. So wie die von Silas, kurz bevor sein Lieblingsessen aufgetragen wurde. Mit Rahel wechselte der Mann kein Wort. Sie schien Luft für ihn zu sein. Gut so, denn sie hätte sowieso nichts sagen können. Ihr Hals war wie zugeschnürt. Sie hatte sich nur kurz aufrichten können, dann ging die Kofferraumklappe wieder zu. Ein Schlüssel fiel zu Boden, dann ein Handy. *Das war wohl meins,* dachte Rahel. Die anderen da draußen blieben stumm. Anscheinend wussten sie auch ohne Worte, was sie zu tun und zu lassen hatten, denn sie hörte nur, wie sich ihre Schritte immer mehr entfernten und leiser wurden. Rahel rief nicht hinterher. Sie war sich sicher, dass es keinen Sinn hatte. Als gar nichts mehr zu hören war, ließ ihre Angst ein wenig nach, und sie merkte, dass sie aufs Klo musste.

Na super, auch das noch! Der Typ hatte ihr das Handy abgeknöpft. Sie konnte keine Hilfe holen. Lächerlich! Hier im Parkhaus wäre wohl sowieso kein Empfang gewesen. Das Handy hätte nichts genutzt. Hoffentlich war ihr Smartphone nicht kaputt. Sie hatte es gerade erst zu Weihnachten bekommen. *Sei nicht so dumm!*, ermahnte sie sich selbst in Gedanken. Sie hatte jetzt wirklich größere Sorgen als ein kaputtes Handy. Wie dämlich, dass niemand zu Hause Bescheid wusste.

„Ich Riesenrindvieh!", stöhnte Rahel.

Ihre Stimme funktionierte wieder. Ob sie dieses dämliche Schloss von innen öffnen könnte? Auf einmal fiel ihr Marco ein. Was war mit ihm? Nur kurz hatte sie zu ihm hinschauen können. Was war da draußen passiert, was sie nicht mehr mitbekommen hatte? Marco hatte so still und regungslos ausgesehen. Ob er immer noch so da lag? Hatten sie ihn einfach zurückgelassen auf dem kalten Betonboden? Sie schüttelte sich. Na, sicher war er dort draußen! Wie sollten sie ihn denn mitnehmen?! Er war bewusstlos, und der Kolumbianer würde wohl kaum einen schlaffen Körper wie ein Paket zum Bahnhof schleppen. Aber was, wenn er einfach sterben würde? Wie Oma? Ihr wurde kalt bei dem Gedanken, und sie schauderte. *Wenn man zur Toilette muss, friert man schneller,* sagte Mama immer. Warum fiel ihr das jetzt wieder ein? Sie sollte sich besser von diesem blöden Harndrang ablenken und sich mit dem Schloss beschäftigen. Ihre Finger tasteten zum Kofferraumdeckel. Aber sie konnte ihr Gedankenkarussell nicht stoppen, und das nervte. Das linke Bein wurde langsam taub, die Schulter dagegen begann, ihr wehzutun. Ob man sich im Schlaf deshalb alle 15 Minuten umdrehte? Menschenskind, warum nur lieferte ihr Gehirn ständig diese unnötigen Informationen? Rahel versuchte, ihre Position zu wechseln. Sie stieß sich den Kopf, aber es gelang ihr, sich umzudrehen. Dann lauschte sie angestrengt. Vielleicht kamen Leute, die zu ihrem Auto wollten, oder Marco wurde doch wach. Aber nein, im Moment gab es nichts zu hören. Was, wenn sie für immer hier liegen müsste? *So ein Quatsch!*, rief sie sich abermals zur Ordnung. Irgendwann würde schon jemand zu seinem Auto wollen. Sie musste nur auf sich aufmerksam machen.

„Hallo?!", rief sie und klopfte wieder gegen das Blech über ihr.

Immer fester klopfte sie. Sollte Marcos Auto ruhig noch mehr Beulen kriegen. Das hatte der sich redlich verdient. Als ihre Handknöchel schmerzten, versuchte sie stattdessen, mit dem Fuß gegen das Metall zu treten. Aber auch ihre Fußspitze tat irgendwann weh. Niemand kam und niemand antwortete. Marco rührte sich anscheinend auch nicht. Nur Caruso antwortete heiser und ungewohnt leise. Aber er war genauso hilflos wie sie. Selbst wenn er frei gewesen wäre und den Schlüssel gefunden hätte, würde es nichts nutzen. Hunde haben keine Hände.

„Hallo! Haaalloooo!", brüllte Rahel.

Dann hörte sie auf. Tränen liefen ihr übers Gesicht. Sie dachte an Silas. Warum hatten sie nur nicht zu Hause angerufen, als sie an der Landstraße angehalten hatten? Sie hätten niemals alleine losfahren sollen. Hinterher ist man immer schlauer. Hoffentlich passierte ihm nichts! Sie wollte nicht, dass ihm etwas passierte. Sie wollte nicht allein sein. Silas sollte bei ihr sein. Er war doch ihr Bruder. Sie konnte sich ein Leben ohne ihn gar nicht vorstellen.

„Gott, bitte nicht!", sagte sie und tastete wieder nach dem Schloss.

Warum sprach sie plötzlich mit Gott?

„Ich bleibe auch hier in der Eifel, wenn du Silas beschützt! Ich will zufrieden sein. Auch wenn Onkel Anton schnarcht."

Konnte man mit Gott handeln? Nein, sie wusste zu gut, dass das nicht ging. Sie hatte nichts zu bieten. Vor allem nicht die Eifel. Es war gar nicht ihre freie Wahl. Sie musste ja sowieso hierbleiben. Bleiben? Hierbleiben? Was hatte Silas vorgelesen? Etwas mit Bleiben war es gewesen. Sie bemühte sich, ruhig zu atmen, und schloss die Augen. Hier gab es eh nichts zu sehen, nur zu tasten. Aber das dumme Schloss ging nicht auf. Rahel zählte ihre Atemzüge wie abends, wenn sie nicht sofort einschlafen konnte. Bleiben. Wer bleibt? Ach ja, das war es gewesen: Gott bleibt! *Deus manet*. Ruth bleibt bei Naemi, wie Gott an unserer Seite ist. Sie wusste nicht, woher die Gedanken auf einmal kamen, aber diesmal war sie froh, dass ihr Gehirn so selbständig war und etwas aus der Erinnerung kramte, was sie nicht gefordert hatte. *Gott bleibt. Gott ist hier bei mir und er ist auch bei Silas. Wo Gott ist, ist man nicht allein. Gott bleibt. Deus manet*. Immer wieder wiederholte sie die lateinischen und deutschen Worte, und allmählich merkte sie, wie sie ruhiger wurde. Das ging eine Weile gut, bis sie sich plötzlich fragte, wie lange man wohl anhalten konnte, wenn es keine Möglichkeit gab, aufs Klo zu gehen. Wie viel Milliliter fasste eine prall gefüllte menschliche Blase eigentlich? Bis zu diesem Augenblick war es ihr gelungen, den Gedanken zu verdrängen. Jetzt rückte er wieder in den Vordergrund. Dann hörte Rahel plötzlich ein Geräusch. Jemand stöhnte erst leise, dann lauter. Dann würgte er und erbrach sich. Sie schüttelte sich vor Ekel.

„Marco?", sagte sie. „Marco, bist du das?"

Dann rief sie lauter.

„Marco?! Hörst du mich? Bist du wach?"

Rahel hielt den Atem an, um keine Antwort zu verpassen, und sei sie auch noch so schwach. Sie lauschte und hörte wieder nichts als Stille. Dann wieder ein Geräusch, diesmal eins, das sie nicht sofort einordnen konnte, ein Schleifen und Kratzen. Sie runzelte die Stirn und begriff. Marco kroch offensichtlich über den Boden. Er war sicher zu schwach zum Gehen. Seine Schuhe und Kleidung schabten über den Beton.

„Marco, Marco!", rief sie. „Bitte lass mich hier raus!"

Statt einer Antwort entfernte sich das schwache Geräusch. Marco floh! Auf allen Vieren? War es ihm gelungen, die Hände freizubekommen? Warum nahm er nicht sein Auto?! Rahel merkte, wie erneut Panik in ihr aufstieg.

„Du Mistkerl! Du Feigling!", schimpfte sie.

Doch dann erkannte sie, dass sie im Grunde nur froh darüber sein konnte, dass Marco sie zurückließ und sich nicht in diesem Zustand ans Steuer setzte. So blieb sie zwar gefangen, aber immerhin mit guten Aussichten, bald von freundlicheren Menschen entdeckt zu werden. Hoffentlich hatte sie dann keine nasse Hose …

Auch Silas war gefangen, aber das sah man nicht. Von außen betrachtet wirkte alles völlig normal und unverdächtig. Ein schwarzhaariger Mann mittleren Alters war mit drei Jungen unterwegs zum Bahnhof. Ein Junge, der dieselbe Haarfarbe und ebenso dunkle Augenbrauen besaß wie der Erwachsene, ging glatt als dessen Sohn durch. Auch wenn der Kolumbianer eine andere Frisur trug als Ronny. Er hatte kurzes Haar. Sein Gesicht war zwar nicht ganz so blass wie das von Silas' Freund, aber einen Südamerikaner hätte man sich dunkelhäutiger vorgestellt. Ihr Entführer sah eher europäisch aus, und er hatte die gleiche lange und gebogene Nase wie sein vermeintlicher Sohn. Die anderen beiden Jungen konnten für Freunde oder Neffen gehalten werden. Ein friedliches Bild gaben sie ab, diese vier. Ein Vater, ein Sohn und ein paar Freunde. Von wegen! Das kommt davon, dass der Mensch nur sieht, was vor Augen ist. Was im Menschen drinsteckt, bleibt dem irdischen Betrachter verborgen. Angst kann man ebenso wenig sehen wie die Wut, solange sie nicht in Worten oder Taten hervorgekrochen kommt. Es sah auch niemand die Waffe, die Silas, Ronny und Moritz bedrohte, obwohl sie wie in einem schlechten Krimi in der Jackentasche des Dealers verborgen war. Ihre tödliche Wirkung würde sich durch ein bisschen Stoff nicht aufhalten lassen.

Noch waren sie nicht weit gekommen. Zum Bahnhof und der Brücke waren es gut 1000 Meter. Das wusste Silas vom Stadtplan. Autos sausten an ihnen vorbei. Silas wünschte sich, er säße auch in einem davon und wäre auf dem Weg nach Hause, ohne das Wort Kokain je gehört zu haben. Warum nur schien niemand Verdacht zu schöpfen, der sie so laufen sah? Unbehelligt marschierten sie, Schritt für Schritt ging es vorwärts. Moritz mit hängenden Schultern, Ronny mit trotzig vorgestrecktem Kopf. Silas konnte beide nur von hinten sehen. Der schöne, reiche Moritz und der arme Außenseiter Ronny aus dem Osten. Dazu ein dicker Dortmunder Junge, den es in die Eifel verschlagen hatte. Drei völlig verschiedene Typen, die sich gerade erst kennengelernt hatten und die sich kaum kannten. Wer oder was hatte sie hier zusammengeführt mit dem Mann vom anderen Kontinent, dem ganz egal war, aus welcher Familie sie kamen? Plötzlich waren sie alle gleich. Alle gleich in Lebensgefahr. Jeder Unterschied zwischen ihnen war wie mit einem Radiergummi ausradiert.

Er dachte an Rahel. Auch um sie hatte er Angst gehabt. Jetzt war sie relativ sicher. Dafür war er dankbar. Irgendjemand würde sie schon finden und freilassen. Spätestens morgen früh. Morgen früh, da konnte es allerdings für Marco zu spät sein! Die Nächte waren noch kalt, und wer weiß, wie schwer er verletzt war! Silas schickte ein Stoßgebet für Marco zu Gott und setzte weiter einen Fuß vor den anderen. Sie durften keinen Ärger machen. *„¡No causéis problemas!“*, hatte der Mann gesagt.

Endlich konnte Silas den Bahnhof sehen. Burgenach hatte einen typischen Kleinstadt-Bahnhof. Schmuddelig und schwach beleuchtet lag er neben der Hauptstraße, die an ihm vorbei nach oben auf die Höhe der B9 und über die

Schienen führte. Beide Straßen bildeten zusammen die „Brücke“, von der der Kolumbianer gesprochen hatte. Silas sah den Zigarettenautomaten an der Außenwand des Bahnhofs, er ahnte den Geruch, der in dem Gang neben dem Gebäude und einem Lagerschuppen herrschte. Dieser Ort lud geradewegs dazu ein, sich dort unerlaubt zu erleichtern. Müll lag herum, obwohl es genügend Mülleimer an den Laternen gab. Der düstere Ort passte zu dem düsteren Geschehen, dessen stummer Zeuge er gerade wurde. Die paar Büsche und der rot-weiß gepunktete Barbarossa retteten den deprimierenden Eindruck auch nicht. Die meisten Burgenacher kamen nur her, um schnell in den nächsten Zug zu steigen. Ein paar Jugendliche standen zusammen neben einer Bank und rauchten. Sie schauten nicht einmal zu ihnen hinüber.

„*¡Hacia la izquierda!*“, sagte der Kolumbianer.

„Links!“, übersetzte Silas.

Ronny und Moritz gehorchten. Die Bundesstraße wurde offensichtlich gerade ausgebessert. Zwischen den hohen Säulen, auf denen die Straße ruhte, waren zahlreiche Stahlgerüste aufgebaut, die bis unter die Fahrbahndecke reichten. Von außen waren sie mit Plastikplanen umwickelt. Auf den freien Parkplätzen dazwischen waren verschiedene Pkw und mehrere Lkw abgestellt. Welcher davon gehörte wohl dem Kolumbianer? Nachdenklich registrierte Silas im Vorübergehen einen blauen Bauwagen, der genau wie das blaue Dixi-Klo weiter vorne wohl für die Bauarbeiter hier aufgestellt worden war. Dann fiel sein Blick auf einen weiß lackierten Lkw. Noch war er ein Stück entfernt, aber er konnte bereits das Büschel Bananen erkennen, das auf den Lack gemalt war, und es war ihm, als grinsten sie ihn höhnisch an. Denn zu allem Überfluss spürte er jetzt auch noch seinen Magen. Unmissverständlich forderte er Nahrung. *Warum begeistern sie sich bloß ausgerechnet für Bananen?*, dachte Silas. Warum nicht für Bonbons? Noch besser gefiel ihm der Spruch: *Wir schlecken Schokolade* oder *Wir futtern Fritten.* Silas' Magen knurrte jetzt so laut, dass er sich umsah, ob es jemand hören konnte. Doch die Baustelle lag vollkommen verlassen da. Die Arbeiter hatten längst Feierabend. Die Gruppe war jetzt auf der Höhe des Dixi-Klos angekommen, und die Jungs konnten bereits das Kennzeichen des Lkw erkennen. Der erste Buchstabe war ein K. K wie Köln. Klar, Köln hatte einen Flughafen, und Bananen kamen mit dem Flugzeug.

„Eh!", sagte ihr Entführer plötzlich.

Die drei Jungs blieben stehen und sahen sich um. Der Mann hinter ihnen hatte die Tür des Toilettenhäuschens mit Links geöffnet und hielt jetzt wieder offen die Pistole in der Hand. Er zielte auf Ronny.

„Du!", befahl er.

Ronny verstand die barsche Einladung. Offensichtlich wollte der Südamerikaner ihn wegsperren. Er schaute kurz zu Silas, der nickte ihm zu, was so viel heißen sollte wie: *Ist schon in Ordnung, Kumpel, ich an deiner Stelle würde da rein gehen. Da bist du wenigstens außer Gefahr!* Dann betrat Ronny die große Plastikkiste. In dem Dixi-Klo rebellierte sogar seine an Kummer gewöhnte Nase. Aber der Junge fügte sich. Der Kolumbianer schlug die Tür zu. Ohne die anderen beiden Jungs aus den Augen zu lassen, bückte er sich nach einer Holzlatte, um sie gekonnt zwischen Türgriff und dem Schotter zu seinen Füßen zu verkeilen. Ohne Hilfe würde nun auch Ronny nicht mehr freikommen.

Nur noch zu dritt gingen sie weiter auf den Lastwagen zu. Die letzten Häuser verschwanden in der Dunkelheit. Vor ihnen lagen nur noch die Feuchtwiesen der renaturierten Flussmündung. Die Brehl, ein kleiner Nebenfluss des Rheins, nach der viele Orte und sogar der ganze Kreis benannt waren, mündete hier in den großen Strom. Weiße Nebel stiegen auf und zerflossen in der Dunkelheit. Silas suchte die Gegend mit den Augen ab, aber im Moment wollte wohl niemand mit seinem Hund Gassi gehen. Sie hatten einfach kein Glück heute.

Als sie auf der Höhe der Fahrerkabine des Lkw angekommen waren, holte der Mann einen Schlüssel aus seiner Hosentasche und warf ihn Silas zu. Er machte sich nicht mehr die Mühe, Deutsch zu sprechen, da er wusste, dass einer der Jungs ihn verstand.

„*¡Abre la puerta!*“, befahl der Kolumbianer, und gehorsam stieg Silas die Stufen zum Führerhaus empor. Mit dem Schlüssel öffnete er die Fahrertür. Silas schwang die Tür weit auf, bevor der Mann ihn wieder zu sich hinunterwinkte und ihm bedeutete, sich neben Moritz zu stellen. Die Waffe auf die beiden Jungs gerichtet ging der Kolumbianer nun selbst rückwärts zur Kabine hinauf und drückte auf einen Knopf am Armaturenbrett. Dann sprang er wieder herab.

„*¡Vamos!*“, sagte er und trieb die Jungs zur Ladeluke des Fahrzeugs.

Hinten am Wagen drückte er erneut auf einen Knopf, und die Heckklappe begann, sich langsam zu öffnen. Als sie waagerecht stand, rastete sie ein und senkte sich als Hebebühne zur Erde. Das summende Geräusch, das sie dabei von sich gab, war sehr leise. Noch bevor die Metallklappe auf dem Boden aufsetzte, konnten die Jungs sehen, dass der Laderaum leer war. Der Mann stieß Moritz unsanft in die Rippen und streckte die linke Hand aus. Moritz verstand und ließ seinen schweren Rucksack vom Rücken gleiten, indem sich drei Päckchen Kokain mit einem Gewicht von insgesamt 14 Kilogramm befanden. Er reichte ihn an den Kolumbianer weiter, der ihn sich locker über die linke Schulter schwang, als wäre er mit Federn gefüllt. Ein zufriedenes Grinsen erschien auf seinem Gesicht. Zu dritt betraten sie die Hebebühne. Der Mann drückte wieder auf den Knopf außen an der Wand des

Lkw und fuhr mit ihnen nach oben. Dort griff er nach links in ein kleines Einbauregal und nahm zwei lange Kabelbinder heraus. Dann bedeutete er den Jungs, die Arme auszustrecken und fesselte ihnen einzeln die Handgelenke, bevor er sie mit klebrigem Bananenklebeband Rücken an Rücken zusammenband und zu Boden schubste.

„*¡Buen viaje!*“, wünschte er mit spöttischem Grinsen.

Dann fuhr er mit der Hebebühne wieder herunter und ließ sie allein auf der Ladefläche zurück. Mit einem leisen Summen schloss sich die Heckklappe, und es wurde dunkel.

„Ja, gute Reise“, murmelte Silas. „Das wünsche ich uns auch.“

„Jetzt findet uns niemand mehr“, stöhnte Moritz.

Silas sagte nichts, aber er dachte dasselbe. Moritz hatte recht. Selbst wenn jemand Rahel finden würde. Sie wusste nicht, in welchem Lkw sie unterwegs waren. Und Ronny? Wann und wo würde man nach ihm suchen? Rahel würde sagen, dass er bei ihnen wäre. Nein, sobald der Kolumbianer auf der Bundesstraße war, würde er sicher entkommen. Keiner würde ihn mehr aufhalten. Er konnte mit den Drogen machen, was er wollte. Silas schluckte. Und mit ihnen auch …

AUSGERECHNET BANANEN!

Irgendwann hörte Rahel endlich wieder ein Geräusch. Ein Auto fuhr auf das Parkdeck. Es parkte ganz in ihrer Nähe. Gott sei Dank, da kam jemand! Eine Handbremse wurde angezogen, dann klappte eine Autotür zu. Fast im gleichen Moment hörte sie die Stimme. Es war eine Männerstimme.

„Ach, du meine Güte?! Was ist denn hier los? Was machst du denn hier, Caruso?“, sagte die Stimme.

Der Hund winselte. Wer auch immer da draußen war, er kannte ihren Hund.

„Hallo! Hilfe! Ich bin hier drin! Bitte helfen Sie mir!“, rief Rahel und klopfte wieder von unten an den Kofferraumdeckel.

„Rahel?! Bist du das?“, fragte die Männerstimme. Sie klang erstaunt. „Wo genau steckst du?“

„Hier, hier bin ich! In dem roten Toyota Corolla!“, antwortete sie.

Rahel kannte die Stimme, aber sie konnte sie nicht einordnen. Sie gehörte nicht hierher, nicht in ein Parkhaus. Doch wohin gehörte sie, und warum kannte die Stimme ihren Namen? Es wollte ihr nicht einfallen.

„Ich bin im Kofferraum. Der Schlüssel muss irgendwo da draußen liegen, unter dem Wagen."

Kurz darauf erklang die Stimme von unten, direkt unter ihr. Der Mann musste unter das Auto gekrochen sein.

„Tut mir leid, aber hier ist nichts. Nur ein kaputtes Handy."

„Aber der Schlüssel muss da sein!", jammerte Rahel.

„Nein, aber das ist egal. Keine Angst. Ich hol dich auch so daraus", sagte die Stimme beruhigend. „Einen Augenblick!"

Rahel schwieg und schluckte die Tränen herunter. Der da draußen machte sich am Schloss des Kofferraums zu schaffen. Etwas stocherte im Schlüsselloch herum. Es klackerte. Sie hielt den Atem an. Gerade als ihr einfiel, woher sie diese Männerstimme kannte, schwang die Klappe hoch, und sie blickte in das Gesicht mit der Halbglatze, das zu der Stimme gehörte. Schon lange hatte sie sich nicht mehr so sehr über den Anblick eines Pastors gefreut.

„Werner!", rief sie unendlich erleichtert und setzte sich hin.

Endlich konnte sie die Beine ausstrecken. Das Blut floss wieder ungehindert hinein. Es prickelte in ihren Füßen.

„Rahel!", rief Werner. „Um Gottes willen! Geht es dir gut?"

Seine Augen glitten wie die eines Arztes über ihren Körper und blickten dann fragend in ihr Gesicht.

Rahel bewegte die Füße und ließ ihre Schulter kreisen.

„Ja, danke, schon in Ordnung."

Der Pastor reichte ihr die Hand und half ihr, aus dem Wagen zu klettern. Schon stand sie noch etwas wackelig neben ihm und schüttelte ihre Beine endgültig wach. Jetzt konnte sie nicht nur stehen, sondern auch laufen.

„Was machst du in dem Kofferraum, und warum ist Caruso da angebunden!?", fragte Werner.

„Moment! Bin gleich wieder da!", antwortete Rahel und schob sich hastig an dem Pastor vorbei.

Sie hetzte die Rampe hinunter. Unten angekommen sprang sie in die nächsten Büsche und erleichterte sich dort schnell. Werner sah ihr nachdenklich hinterher. Als sie zurückkam, stand er immer noch am Kofferraum. In der Hand hielt er einen länglichen Gegenstand aus Metall. Es sah fast aus wie ein Zahnarztinstrument. Am Ende war das letzte Stück in einem rechten Winkel gebogen, und es lief spitz zu.

„Hast du etwa damit das Schloss aufgemacht?", fragte Rahel neugierig.

Werner schmunzelte und steckte das Ding zurück in seine Jacke. Er zog den Reißverschluss zu.

„Ja, so ein Dietrich ist manchmal ganz hilfreich", sagte er und sah Rahel an. Er konnte an ihrem Gesicht ablesen, dass sie zu gerne gewusst hätte, woher er das konnte. Jetzt grinste er.

„Unterschätze niemals deinen Pastor."

„Tu ich nicht. Danke!", sagte Rahel. „Vielen Dank."

Dann wandte sie sich Caruso zu und band ihn los. Ihre Finger zitterten, aber nur vor Erleichterung.

„Wir müssen die Polizei anrufen", sagte sie zu dem Pastor.

„Schon dabei", sagte Werner, nahm sein Handy in die Hand und verließ das Parkhaus, um besseren Empfang zu haben. Dann tippte er die 110. Rahel folgte ihm mit Caruso.

„Silas ist unterwegs zum Bahnhof. Er und zwei Jungs von unserer Schule: Ronny und Moritz. Ein Drogenhändler aus Kolumbien zwingt sie dazu. Unter der Brücke steht sein Lkw, und er ist bewaffnet", erklärte sie dem Pastor.

Werner riss die Augen auf, als sähe er eine Kuh Fahrrad fahren. Aber er kam nicht mehr dazu, Rahel weitere Fragen zu stellen, denn in diesem Moment nahm der Beamte in der Notrufzentrale seinen Anruf entgegen.

„Hallo, hier spricht Werner Schrober! Ich befinde mich in Burgenach im Parkhaus in der Barbarossastraße und möchte eine Entführung melden! Äh, also eigentlich eine dreifache Entführung." Dann reichte er den Hörer an Rahel weiter.

Silas und Moritz saßen stumm auf der Ladefläche. Im Inneren des Lkw war es so dunkel wie im Bauch des großen Fisches, der einst Jona verschluckte. Dieser Vergleich fiel natürlich nur Silas ein. Moritz hatte noch nie etwas von Jona gehört. Aber anders als bei dem ungehorsamen Propheten drang an ihre Ohren nicht das Plätschern oder Glucksen des Wassers oder der Innereien des Fisches, sondern das regelmäßige Tuckern eines Dieselmotors. Der Dealer hatte das Fahrzeug gestartet. Die Ladefläche vibrierte sanft. Noch immer war Silas nichts Brauchbares eingefallen. Wie sollten sie auf sich aufmerksam machen? Hier aus dem Metallkasten konnte man nichts herauswerfen. Er war dicht wie eine Konservenbüchse. An den Hebebühnenknopf draußen kamen sie nicht heran. Und selbst wenn … während der Fahrt ließ sich die Heckklappe ganz bestimmt nicht öffnen.

„Hey, Moritz", sagte Silas. „Steh auf und lass uns in eine Ecke gehen, bevor er richtig losfährt, sonst kugeln wir hier gleich durch die Gegend, wenn die erste Kurve kommt."

„Gute Idee", sagte Moritz.

Aber es klang nicht so, als wenn er heute noch irgendetwas tatsächlich gut finden würde. Er hörte sich eher lahm und müde an.

„Bei drei", kommandierte Silas. „Wie im Sportunterricht. Eins, zwei, drei!"

Genau gleichzeitig stemmten die Jungs ihre Rücken aneinander und die Füße fest auf den Boden. Sie schoben sich in die Höhe, bis sie auf den Beinen standen.

„Geht doch."

Silas war zufrieden mit sich und seinen körperlichen Fähigkeiten. Schade, dass das hier keine Turnhalle war.

Seitlich schoben sie sich vorwärts, um eine Wand des Lkw zu erreichen. Dann tasteten sie sich an ihr entlang, bis sie in einer Ecke landeten. Dort rutschen sie wieder zu Boden. Der Lkw setzte zurück und wendete.

„Er dreht", sagte Silas. „Gut, dass es nur einen Weg hier raus gibt. Er muss zurück zur Straße. Versuche dir zu merken, wo wir abbiegen und wohin wir fahren. Du kennst dich hier besser aus als ich."

„Der will garantiert zur Bundesstraße und von dort weiter auf die Autobahn. Fragt sich nur, in welche Richtung. Köln oder Koblenz."

„Wahrscheinlich hast du recht. So kommt er am schnellsten von hier weg. Er hat ein Kölner Kennzeichen."

„Das habe ich auch gesehen. Aber wer weiß, ob er da überhaupt wieder hin zurückmuss. Vielleicht will er den Wagen auch nur unterwegs loswerden, bevor er die Drogen abliefert. Mit diesem Riesenteil ist er ganz schön auffällig."

Silas nickte nachdenklich, auch wenn Moritz das nicht sehen konnte. Offenbar hatte er nicht daran gedacht, dass niemand wusste, in welchem der Millionen Lkw, die über deutsche Straßen fuhren, sich der Kolumbianer und seine Geiseln befanden. Aber er hielt es für klüger, es ihm nicht zu sagen. Moritz war schon mutlos genug. Das große Auto rumpelte über den Schotter, durch einige Schlaglöcher und holperte schließlich auf die kleine asphaltierte Seitenstraße, die zur Hauptstraße führte. Die Jungs wurden ordentlich durchgeschüttelt, aber sie fielen nicht um.

„Klingt logisch", sagte Silas. „Er wird den Lkw so schnell wie möglich irgendwo abstellen und uns hoffentlich einfach hier drin lassen. Wir würden ihn nur aufhalten."

Er schluckte kurz bei dem Gedanken, dass es noch andere Wege gab, um zwei Jungs loszuwerden. Aber nein, dachte er dann, wenn das ein kaltblütiger Mörder wäre, hätte er Rahel und Ronny nicht einfach nur eingesperrt. Trotz seiner Logik lief ihm ein Schauer über den Rücken. Vielleicht handelten Verbrecher nicht immer logisch …

„Er fährt rechts“, sagte Moritz in diesem Moment, „war eh klar, zur Bundesstraße.“

Die Jungs lehnten sich instinktiv in Richtung Führerhaus, um nicht auf dem Boden der Ladefläche Richtung Heck zu rutschen, als der Wagen die Auffahrt zur B9 nahm. Dann ging es in eine Kurve. Schwungvoll nahm ihr unsympathischer Chauffeur diese letzte Hürde, bevor er auf die Schnellstraße auffuhr und sein Tempo erhöhte. Der Motor brummte immer lauter.

„Meine Güte, fährt der einen heißen Reifen“, meinte Silas. „Hoffentlich muss er nicht mal plötzlich bremsen. Wir haben hier keinen Sicherheitsgurt.“

Moritz grunzte und brach in Lachen aus. Doch da ihm nicht nach Lachen zumute war, klang es mehr nach dem heiseren Gelächter einer Hyäne als nach einem Menschen. Silas wurde trotzdem angesteckt. Sekundenlang lachten sie zu zweit, dann war es schlagartig ruhig, und sie schwiegen. Es wurde kalt im Lkw. Silas hatte keine Ahnung mehr, wo er gerade war. Er hätte nicht sagen können, ob er Richtung Süden oder gen Norden fuhr. Sein Handy mit der Schweizer Taschenmesser-App lag im Parkhaus und damit in unerreichbarer Ferne. Die App hätte einen Kompass gehabt, falls das Handy überhaupt noch funktionierte.

„Er fährt Richtung Koblenz“, sagte Moritz schließlich. Er hatte offenbar weiter aufgepasst.

„Sicher?“, fragte Silas.

„Ganz sicher“, sagte Moritz. „Gleich kommt ein Stück, da darf man 120 Stundenkilometer fahren.“

„Auweia“, stöhnte Silas, doch dann spitzte er die Ohren.

„Was ist das?!“, fragte er aufgeregt. „Hörst du das auch, Moritz?“

„Ja! Das ist eindeutig eine Sirene! Nein, zwei oder noch mehr. Polizeisirenen! Und sie nähern sich!"

Das Konzert der Martinshörner wurde lauter und lauter.

„Wie viele wohl?", fragte Moritz.

„Keine Ahnung, aber auf jeden Fall mehrere", sagte Silas.

Plötzlich wurde der Ton sehr viel tiefer, was bedeutete, dass mindestens ein Wagen überholt haben musste. Er würde sich jetzt vor den Lkw setzen, um ihn zu stoppen.

„Halt dich fest!", rief Silas.

„Wo denn? Du Spaßvo…"

Die letzte Silbe ging im Quietschen der Bremsen unter. Erst wurden Silas und Moritz heftig gegen die Wand gepresst, als der Lkw abbremste. Dann, als der Wagen stand, kippten sie mit Schwung auf die Ladefläche. Mühsam rappelten sie sich wieder auf.

„Bist du okay?", fragte Silas keuchend.

„War ich vorher schon nicht", meinte Moritz. Er schmeckte Blut im Mund.

„Kannst du aufstehen?"

„Ja. Ich glaub, schon."

Silas konnte ihn kaum verstehen. Die Sirenen gellten in seinen Ohren. Autos hupten. Dann nahm er Stimmen in dem Lärm wahr. Sie näherten sich dem Lkw. Deutsche Befehle wurden gebrüllt. Spanische Flüche antworteten. Aber kein Schuss fiel. Der Kolumbianer leistete keine heftige Gegenwehr. Die Jungs hielten den Atem an. Irgendwann war es endlich still. Doch auch die Stille zerrte an ihren Nerven. Endlich ertönte das leise Summen der Heckklappe. Diesmal klang es wie Musik in Silas Ohren. Langsam öffnete sich ihr Gefängnis, und die Hebebühne fuhr herunter. Das Licht der Autoscheinwerfer fiel auf die Ladefläche, kurz darauf blinzelten sie in den gleißend hellen Strahl mehrerer Stabtaschenlampen.

„Wir haben sie!“, riefen die Männer draußen, die sie nicht sehen konnten, weil das Licht so blendete. „Es war der richtige Lkw. Sie sind beide wohlauf!“

„Beide? Wo ist der Dritte?!“, fragte jemand.

„Unter der Brücke in Burgenach im Dixi-Klo!“, sagte Silas und fing an, albern zu kichern. Moritz stimmte mit ein.

Ein Polizist kam über die Seitenleiter zu ihnen geklettert, noch bevor die Hebebühne die Ladefläche ganz erreicht hatte.

„Hallo, Jungs“, sagte er, „schön euch lachen zu hören.“

Silas hörte das erleichterte Schmunzeln in der Stimme nicht. Er kicherte nur noch lauter. Mit ein paar schnellen Schnitten zertrennte der Beamte das Klebeband, das die Jungs aneinander fesselte. Dann knipste er mit einem Seitenschneider auch die beiden Kabelbinder auf.

„Fertig. Wie geht es euch?“, fragte er und sah sie prüfend an.

„Ich bin in Ordnung“, sagte Silas und rieb sich die Handgelenke.

Das blöde Lachen hatte aufgehört. Der Beamte nickte und wandte sich Moritz zu.

„Du wohl weniger“, stellte er fest. Er half Moritz auf die Beine und führte ihn langsam zur Hebebühne. Zu dritt fuhren sie abwärts. Draußen riefen mehrere Stimmen etwas durcheinander. Eine Männerstimme drängte sich nach vorn. Noch bevor die Heckklappe am Boden angekommen war, sprang ein großer Mann auf das Metallblech.

„Silas!“, rief Papa.

„Papa!“, antwortete Silas.

Herr Schmickler schloss seinen Sohn und auch den Nachbarjungen erleichtert in die Arme.

„Moritz! Gott sei Dank!“

Dann kamen zwei weitere Polizeibeamte an die Hebebühne, die jetzt auf dem Boden aufgesetzt hatte. Herr

Schmickler führte seinen Sohn rasch zur Seite. Der Polizist, der sie befreit hatte, stützte Moritz immer noch. Er taumelte. Unter all die Polizeiwagen hatte sich auch ein weißer Rettungswagen mit rot-gelben Streifen gemischt. Einer der Sanitäter kam mit Decken angelaufen. Er reichte Herrn Schmickler eine und wickelte Moriz in die andere. Dann hakte er Moritz unter und führte ihn zum Rettungswagen.

„Papa, wir müssen Rahel befreien, sie ist im Parkhaus in der Barbarossastraße!", drängte Silas, während Herr Schmickler ihm die warme Decke um die Schultern legte. Um sie herum blinkten die blauen Lichter nur noch stumm um die Wette.

„Alles gut, mein Sohn. Rahel ist in Sicherheit. Werner hat sie gefunden."

„Werner?"

„Ja, er war zufällig mit dem Auto in der Stadt."

„Und Marco?", erkundigte sich Silas.

„Marco ist im Krankenhaus. Und dahin bringen wir euch jetzt auch."

„Nein, mir geht es gut", wehrte Silas ab.

„Wirklich?"

Das war Opas Stimme. Und direkt hinter ihm stand Onkel Anton.

„Ja, wirklich. Alles in Ordnung. Ist ja beinahe wie auf einem Familientreffen", witzelte Silas und grinste matt.

„Ich … ich hab die geholt. Haste gehört, Silas? Bei D… Drogen muss man die Polizei holen!"

Silas seufzte abgrundtief. Sein Onkel hatte so was von recht!

„Das mache ich beim nächsten Mal auch. Versprochen!"

Er schämte sich, aber im Dunkeln sah man zum Glück nicht, dass sein Gesicht rot wurde.

„Ba… Bananen hab ich gesagt. Ausgerechnet Bananen", murmelte Anton. „Ba… Bananen sind auf dem LKW."

„Moment, Onkel Anton!“, stutzte Silas. „Woher wusstest du, dass wir in dem Bananen-Auto sind?“

Papas Bruder zuckte die Schultern.

„D… das wusste ich nicht. Mo… Moritz wusste das.“

„Moritz?! Der war doch bei mir.“

„Nein. F… früher.“

„Früher?!“

„Ja, f… früher bei Passlacks. D… da hat Moritz das gesagt, d… dass da Bananen drauf sind. A… als ihr die Drogen gefunden habt.“

So langsam dämmerte es Silas. Natürlich! Anton war heute Nachmittag noch dabei gewesen, als er den beiden anderen im Badezimmer erklärt hatte, was der Kolumbianer von ihnen wollte. Er war hereingekommen, nachdem er draußen den Vorgarten der Passlacks gegossen hatte.

„Mensch, Anton! Das war, als ich über die Statuen nachgedacht habe und darauf kam, dass sie hohl sind!“, fiel es ihm ein.

„G… genau.“

„Da habe ich euch wohl nicht richtig zugehört.“

„Nö. Ausgerechnet Bananen. B... Bananen sind da drauf, ha... hab ich gesagt!“

„Gott sei Dank, dass du so gut aufpasst!“, sagte Silas.

Anton bleckte verlegen die Zähne und verstummte. Doch Silas musste plötzlich grinsen.

„Zu schade, dass du nicht sehen kannst, wie sie Ronny rauslassen“, meinte er.

„Der … der, der aussieht wie 'ne Frau?“, fragte Onkel Anton.

„Ja“, grinste Silas. „Und jetzt steckt er auch noch auf dem Klo fest!“

„A… auf'm Klo?“, fragte Onkel Anton. „Ach, du Kacke!“

Auch bei solchen Wörtern stotterte er nie. Und irgendwie passte das hier diesmal auch.

SCHULFREI

Rahel drehte sich noch einmal auf die andere Seite und genoss die Wärme im Bett. Herrlich! Sie musste die Augen noch nicht aufmachen. Heute war schulfrei, oder?

„Rahel! Wo bleibst du?!"

Silas riss die Tür auf und brüllte in ihr Zimmer.

„Hast du den Termin vergessen? Wir sollen zur Polizei, unsere Aussagen machen."

Seine Schwester fuhr hoch. Stimmt! Nur deswegen mussten sie nicht zur Schule. Ihr Gehirn hatte den unbequemeren Teil der Tatsachen bis gerade gekonnt ignoriert.

„Wie spät ist es?"

„Gleich neun!"

„Gebt mir fünf Minuten!"

Rahel flog aus dem Bett. Silas staunte einmal mehr über das Tempo, zu dem seine Schwester fähig war, wenn sie nur wollte. Im Nullkommanichts war sie fertig und trabte über den Hof zu der Familienkutsche.

„Na, dann wollen wir mal!", sagte Papa und startete den Wagen. Heute hatte er sich frei genommen, um seine Kinder zur Polizei zu bringen. „Wo sind denn eure Schultaschen?"

Rahel und Silas sahen sich an. Manchmal machte Papa ihnen Angst.

„Ist das dein Ernst, Papa? Wir fahren doch gar nicht zur Schule", fragte Silas, der auf dem Beifahrersitz saß.

Verwirrt sah sein Vater ihn an.

„Das weiß ich doch, aber ich dachte, ihr könntet auf dem Weg schon mal eure Gedanken sortieren und alles Wichtige, was euch einfällt, aufschreiben. Dafür braucht man doch eine Art von Stift und Papier."

„Sicher, aber das musst du uns vorher sagen", grinste Rahel. „Wir sind doch nicht mit unseren Schulranzen verwachsen."

„Nicht? Dachte ich!"

Papa lachte und reichte Rahel sein Tablet nach hinten.

„Dann nehmt das solange und führt damit euer Gedächtnisprotokoll."

Rahel schüttelte den Kopf. Ein Gedächtnisprotokoll führen! Auf so etwas konnte auch nur Papa kommen.

Die Polizeiinspektion Brehlweiler war in einem mehrstöckigen Bau in L-Form untergebracht. Praktischerweise lag sie direkt neben dem Amtsgericht. Ebenfalls weiß gestrichen, aber schlicht und modern gebaut, wirkte sie wie die kleine Schwester des viel größeren und altehrwürdigen Gerichtsgebäudes. Papa fuhr auf den Parkplatz im üppig begrünten Innenhof der Wache. Er war öfter hier und kannte sich aus. Der nette Polizeihauptkommissar Bertram hatte schon auf sie gewartet und bat sie sofort in ein Zimmer, in dem die Zeugen vernommen wurden. Eine junge Polizistin saß dort am PC, um Protokoll zu führen. Der Kommissar bot ihnen Stühle und etwas zu trinken an. Papa nahm einen Kaffee.

„Erst mal die guten Nachrichten", begann der Polizist. „Euer Freund Marco ist im Krankenhaus und wird bald wieder gesund sein."

Bei dem Wort „Freund" zuckte Rahel innerlich zusammen. Freundschaftliche Gefühle hegte sie nun wirklich nicht für Marco.

„Er war nur unterkühlt und hat eine starke Gehirnerschütterung. Wie es dazu kam, werdet ihr mir sicher gleich erzählen. Übrigens, Herr Schmickler, auch Ihrem Nachbarn, dem Herrn Passlack, geht es besser. Er ist jetzt zurück zu Hause und hat sich äußerst kooperativ gezeigt. Ich glaube, er ist einfach nur froh, dass alles vorbei war, bevor jemand ernsthaft zu Schaden gekommen ist."

„Ja, das erlebe ich oft. Es tut gut, sein Gewissen zu erleichtern", sagte Papa, und Rahel fragte sich, ob er nur Herrn Passlack meinte.

Sie rutschte auf dem Stuhl hin und her. Auch Silas brannte darauf, endlich von Anfang an zu berichten. Als sie schließlich an der Reihe waren, dauerte es eine ganze Weile, bis die beiden alles erzählt hatten, was sie wussten, und keiner von ihnen hatte einen Blick in das Gedächtnisprotokoll nötig. Papa hörte die ganze Zeit ruhig zu. Nur der Polizist stellte Fragen, machte Bemerkungen und tippte ab und zu etwas in seinen PC.

„Nun", sagte Polizeihauptkommissar Bertram dann, als Rahel und Silas nichts mehr einfiel, „da kommt ja einiges zusammen: Hausfriedensbruch, Sachbeschädigung, Nötigung, Freiheitsberaubung, Geiselnahme, diverse Betäubungsmittel-Verstöße, unerlaubter Waffenbesitz. Eieiei ... Das sieht auch für eure Freunde Marco und Moritz nicht gut aus. Sie sind beide strafmündig. Ihr dagegen ...", er sah in seinen PC, „dreizehn und ... oh ...", er sah Silas an, „vierzehn!"

Silas wurde rot.

„Ja, ich weiß, dass ich eher hätte Bescheid sagen müssen, aber ich selbst habe die Drogen nicht transportiert und auch nicht in der Hand gehabt."

Papa hatte das vorher extra noch einmal mit ihm besprochen, und es war die Wahrheit. Silas wusste jetzt auch, dass es keine Rechtspflicht gab, Straftaten wie die von Moritz und Marco anzuzeigen. Eine moralische Verpflichtung spürte er dagegen schon. Er hätte Papa und Opa davon erzählen sollen. So etwas würde ihm nicht noch einmal passieren.

„Er hat dazugelernt", sagte Papa und lenkte dann von seinen Kindern ab. „Um wie viel Kokain ging es denn hier insgesamt", fragte er. „Und hat der Kolumbianer sich zu seinen Hintermännern geäußert?"

Herr Bertram lächelte.

„Sie wissen sehr gut, dass ich darüber nichts sagen darf, Herr Rechtsanwalt. Sollten Sie Herrn Rodríguez vertreten, können Sie Akteneinsicht beantragen."

Er zwinkerte Papa zu.

„Aber wie Sie sich sicher denken können, versteht er plötzlich überhaupt kein Deutsch mehr. Wir haben ihn nach Köln weitergereicht."

Papa lächelte auch.

„So, so. Rodríguez, ein häufiger Nachname in Südamerika."

Der Polizist nickte.

„Übrigens ging der Notruf des Herrn Schrober deutlich nach Ihrem ein, Herr Schmickler. Wenn Sie zudem nicht gewusst hätten, dass sich der Täter sehr wahrscheinlich in einem RHEKA-Lkw und in der Nähe der B9 Brücke in Burgenach befindet, hätten die Kollegen ihn nicht so schnell gehabt. Wer weiß, junger Mann", wandte er sich an Silas, „was dann mit euch passiert wäre."

Schnell sah Silas zu Boden. Was hätte passieren können, wollte er lieber nicht wissen.

„Das habe ich meinem Bruder zu verdanken. Er wusste, wo die Kinder hinwollten. Anton hat mich sehr gut informiert", sagte Papa, und man konnte hören, wie stolz er auf seinen Bruder war. „Den Lastwagen mit dem Bananenbild und auch den Standort konnte er genau beschreiben. Sonst hätte ich den Beamten diesen entscheidenden Hinweis nicht geben können. Das hätte die Suche in der Tat fast aussichtslos gemacht."

„Dann könnt ihr euch wohl bei eurem Onkel bedanken", fasste der Polizist zusammen.

„Das haben wir schon!"

Rahel schmunzelte. Sie hatte sofort wieder Antons Stimme im Ohr.

„Ich ... ich hab die geholt. War ... war doch gut, Rahel, oder? Haste gehört? War ... war doch gut, was ich gemacht hab, oder? ‚Brücke in Bur... Burgenach' hab ich gesagt. Und Bananen ... ausgerechnet Bananen. W... war doch gut, dass ich das gesagt hab, oder?"

Sie freute sich auf das nächste Heimspiel in Dortmund, für das sie Onkel Anton als Dankeschön Karten versprochen hatten. Ein guter Grund, bei ihren alten Freunden zu übernachten. Dortmund gegen Bayern an einem der letzten Spieltage würde der Knaller werden. Und am Sonntagnachmittag war sogar noch ein Besuch im Schwimmbad drin.

Nachdem Papa die Zeugenaussagen seiner Kinder unterschrieben hatte, durften sie gehen.

„So wie ich das sehe", sagte Papa draußen im Auto und drehte sich zu seinen Kindern um, „ist Herr Passlack wahrscheinlich nur per Zufall auf die Drogen in der Bananenkiste gestoßen und hat das schnelle Geld gewittert. Aber Kokain ist nicht so leicht zu vermarkten, wenn man sich damit nicht auskennt und nicht die richtigen Kontakte hat. So schnell ist das nicht zu Geld zu machen, und Laien, die sich da versuchen, rufen oft die Profis auf den Plan. Die bekommen sehr schnell Wind davon, wenn man ihnen ins Handwerk pfuscht, und werden ungemütlich. Besonders, wenn es sich um so eine große Menge handelt. Wahrscheinlich war das unter den Dealern zwischen Bonn und Koblenz ein offenes Geheimnis."

Papa startete den Wagen und fuhr vom Parkplatz.

„Traurig ist nur, dass höchstwahrscheinlich auch Herr Rodríguez nur ein kleiner Fisch war. Ich vermute, er hat diese eine Kiste im Lkw übersehen. Sie wird Teil einer größeren Lieferung gewesen sein. Seine Hintermänner wird er nicht verraten, und sie werden andere Wege finden, ihre Drogen ins Land zu bringen."

Er seufzte, und leider hatte er recht mit seinen Vermutungen.

Moritz wartete im Schmickler-Hof auf sie. Sein Auge war nur noch gelblich grün und lange nicht mehr so dick wie noch vorgestern. Die Nase sah sogar schon wieder normal aus. Sie war nicht gebrochen gewesen, und Moritz hatte nur eine Nacht im Krankenhaus verbracht. Trotzdem sah ihr Nachbar traurig aus und wollte nicht hereinkommen. Herr Schmickler ließ Rahel und Silas deswegen mit ihm zurück vor der Haustür. Sie setzten sich auf die Bank neben dem Küchenfenster. Der köstliche Duft von Mamas Mittagessen wehte ihnen um die Nase, aber Moritz schien ihn nicht zu bemerken.

„Ich war heute Morgen auch auf der Polizei und habe reinen Tisch gemacht. Papa auch", sagte er.

„Find ich gut", sagte Silas.

„Mein Vater hat gesagt, die Drogenlieferung sei wohl durch Zufall nach Burgenach geraten. Das meiste ist wie geplant in Köln abgeliefert worden, hätte der Kolumbianer erwähnt. Nur die eine Kiste haben sie unter der normalen Bananenladung übersehen. Vielleicht wollte Rodríguez auch absichtlich etwas für sich abzweigen. Er ist nämlich nur ein kleiner Fahrer. Die Großen, die das meiste verdienen, haben sie noch nicht zu fassen gekriegt."

Jetzt wurde Moritz leiser und guckte zu Boden.

„Papa hatte Schulden gemacht, und als er das Pulver fand, dachte er, es sei eine gute Gelegenheit, zu Geld zu kommen. Er hat geglaubt, niemand würde die Lieferung vermissen. Es tut ihm furchtbar leid, und er hat sich auch bei uns entschuldigt."

Moritz stockte kurz.

„Aber Mama will sich trotzdem von ihm trennen. Sie ist wütend, dass er sie als Kurier benutzt hat. Wir ziehen erst mal zurück zu Oma nach Sachsen."

Er seufzte leise.

„Ich weiß auch nicht, mit was für einer Strafe er rechnen muss. Jedenfalls kann er zu Hause auf seine Verhandlung warten und auch in die Reha fahren, bis es soweit ist. Ich werde wohl auch eine Strafe bekommen. Eine Jugendstrafe, sagt dein Vater."

Er sah Rahel an. Sie fühlte mit ihm.

„Dann musst du die Schule wechseln", sagte sie, froh, dass ihr was einfiel.

Moritz zuckte mit den Schultern.

„Das ist das geringste Übel. Eigentlich bin ich ganz froh darüber. In Sachsen weiß niemand, was hier passiert ist. Da kann ich quasi neu anfangen."

„Das stimmt", nickte Silas.

Der Nachbarsjunge stand auf. Caruso bellte irgendwo, und Anton sang sein Borussialied.

„Du kannst uns jederzeit besuchen", lud Silas den Nachbarjungen schnell ein.

Moritz lächelte.

„Danke für das Angebot. Aber Sachsen ist ganz schön weit weg von hier", meinte er. „Mal sehen, was weiter passiert."

Er hielt den beiden die Hand hin.

„Danke für alles."

Die Geschwister schlugen nacheinander ein.

„Keine Ursache!“, sagte Silas und sah Moritz nachdenklich hinterher, bis er das blaue Haus seiner Eltern erreicht hatte.

Für den Nachmittag hatten sie sich mit Ronny am roten Bus im Wald verabredet. Mittlerweile waren sie oft genug hier gewesen und fanden auch ohne GPS hin und zurück. Rahel und Silas waren mit Caruso und Onkel Anton schon vor Ort, als Silas' Klassenkamerad auftauchte. Ronny trug ein frisches schwarzes T-Shirt. *Beruflich wollte ich schon immer was mit Menschen machen,* stand darauf. Darunter schwang ein Skelett eine Sense. Rahel starrte auf den Sensenmann und sein todbringendes Werkzeug. Dann las sie stirnrunzelnd das verstörende Statement.

„Boah, du brauchst echt mal gescheite Klamotten!“, begrüßte sie den Jungen, zu dem sie aufschauen musste. Doch bevor es Streit gab, mischte Silas sich ein.

„Hi, Ronny, schön, dass du da bist. Guck mal, was uns Opa gesponsert hat.“

Silas zeigte auf ein Holzschild, dessen Pfosten Anton gerade gekonnt mit einem Holzhammer in den Waldboden trieb. Ronny ging neugierig um das Schild herum und las das Wort „DETEKTEI“ laut vor. Es war in Großbuchstaben sorgfältig in das Holz gebrannt.

„Wollt ihr hier etwa weiter Detektiv spielen?“, fragte Ronny überrascht.

„Du musst ja nicht mitmachen“, meinte Rahel sofort, „aber Papa hat jedenfalls gesagt, er könnte gut ab und zu ein paar Privatdetektive für gewisse Fälle gebrauchen. Wenn wir uns an die Sicherheitsregeln halten, verspricht er, uns zu beauftragen. Ich stelle meine herausragenden Fähigkeiten jedenfalls in den Dienst der guten Sache.“

Sie sah sehr zufrieden mit sich aus. Silas hob die Augenbrauen. Er dachte daran, dass sie ohne Onkel Anton ganz schön aufgeschmissen gewesen wären.

„Das hört sich gut an. Springt was für uns dabei heraus, Sherlock, außer dass wir der Gerechtigkeit zu ihrem Sieg verhelfen?", fragte Ronny. „Ich spare für ein neues Handy."

„Das kommt ganz auf deine Fähigkeiten an, Mr. Watson", antwortete Rahel. „Vielleicht kannst du dir von unserem ersten Gehalt sogar ein neues T-Shirt leisten."

„Okay, dann bin ich dabei!"

„I… ich auch!", sagte Onkel Anton.

Rahel musste tatsächlich lachen, auch wenn sie das gar nicht wollte.

„Darauf trinke ich jetzt einen Kakao!", entschied sie. „Silas hat welchen auf dem Campingkocher gekocht. Echt praktisch, das Ding."

Die Kinder gingen hinüber zum Bus und ließen sich mit der heißen Schokolade auf den bequemen Bänken nieder. Anton hatte draußen noch etwas zu tun. Er stapfte durch das Laub und trug irgendetwas hin und her.

„Wie ist es bei dir heute gelaufen auf der Polizeiwache?", fragte Silas, nachdem er von ihren eigenen Aussagen erzählt hatte. „Du warst erst nach der Mittagspause vorgeladen, stimmt's?"

Ronny nickte.

„Ja, ich komme direkt aus Brehlweiler. Habe Glück gehabt. Bin noch einmal glimpflich davon gekommen, weil ich das Kokain an Moritz zurückgegeben und Reue gezeigt habe."

Er guckte nachdenklich.

„Das verdanke ich dir, Kumpel. Danke!"

Silas winkte ab.

„War doch nichts Dolles …"

„Doch, das hätte längst nicht jeder gemacht", beharrte Ronny.

Dann schwieg er. Mehr wollte er wohl nicht zu dem Thema sagen. Das musste er auch nicht, denn in diesem Moment stieß Onkel Anton doch noch zu ihnen. In der Hand einen Eimer mit roter Farbe kam er in den Bus geklettert. Den Farbeimer, in dem noch der Pinsel steckte, stellte er mitten auf den Tisch, direkt neben die offene Keksdose, und wischte sich die Hände an der Hose ab. Dann nahm er sich einen Keks und biss ab.

„F… fertig!", verkündete er mit vollem Mund.

„He, was soll das?", fragte Rahel und zeigte auf die rote Farbe. „Womit bist du fertig? Und was hast du damit gemacht?"

Onkel Anton kaute grinsend und antwortete nicht. Doch Rahel wusste genau, dass ihr Onkel etwas plante oder vielmehr bereits ausgeführt hatte, so wie er guckte. Sie ahnte auch schon, wofür er die Farbe gebraucht hatte. Neugierig stand sie auf, um zu überprüfen, ob ihre Ahnung richtig war. Mit ein paar schnellen Schritten ging zu dem gesponserten Schild hinüber. Anton dackelte ihr hinterher, und auch Silas und Ronny folgten den beiden neugierig.

„Ich … ich … ha… hab meinen Namen da drunter geschrieben: Anton", grinste ihr Onkel und zeigte auf das Schild. Die Erklärung war unnötig, denn Rahel konnte lesen. Tatsächlich, in ungelenken, großen roten Druckbuchstaben prangte Antons kindliche Unterschrift unter dem eingebrannten Wort. „Detektei ANTON!", stand jetzt darauf.

„Sieht doch gut aus, oder nicht, Rahel? Haste gehört? Sieht doch gut aus", sagte Anton zufrieden mit seinem Werk. „Ich find das gut!"

„Ich auch", sagte Ronny, und auch Silas stimmte ihm zu.

„Du bist unmöglich", sagte Rahel zu ihrem Onkel und schüttelte den Kopf. Aber sie meinte es nicht böse.

„Un… unmöglich bin ich. Ja, ja", brummte Onkel Anton. „A… aber lustig!"

„Ja, das bist du", sagte Rahel. „Lustig und ein echter Kumpel!"

Anton rieb sich freudig die Hände. Dann klopfte er zufrieden auf das Holzschild.

„‚De… Detektei A… Anton' steht da!"

Silas und Ronny zeigten Anton einen Daumen hoch. Rahel lachte. Wahrscheinlich würde sie das die nächsten Tage noch öfter zu hören bekommen, aber diesmal war es ihr egal. Sie drehte sich um und ging zurück zum Bus. Dort nahm sie ihr Tagebuch aus dem Rucksack und schlug es auf. Draußen sang Anton die Borussia-Hymne und bewunderte sein Schild. Rahel schmunzelte, als sie den Füller aufs Papier drückte.

Manchmal ist in der Eifel auch ganz schön was los. Wenn es so weitergeht, werde ich hier vielleicht doch noch heimisch!, schrieb sie und biss in einen Keks.

NACHWORT

Liebe Mädchen und Jungen,

„Bananen, Koks und gescheiterte Ganoven" – so lautete im Juli 2019 eine Überschrift in meiner Tageszeitung. Als ich mich in den Artikel vertiefte, habe ich mehrmals den Kopf geschüttelt. *Unglaublich,* so dachte ich, *was auf der Welt alles geschieht!*

Weil ich mir so etwas niemals ausdenken könnte, aber schon lange die Idee von der „Detektei Anton"-Reihe mit mir herumtrug, habe ich den Bericht sofort ausgeschnitten und gut aufbewahrt. Das Buch, das ihr jetzt in den Händen haltet, basiert auf diesem echten Kriminalfall. Der „Bananenfall" ist einer der kuriosesten, der jemals vor dem Landgericht Koblenz verhandelt wurde. Die angeklagten Supermarktmitarbeiter kamen übrigens mit einem relativ milden Urteil davon. Sie erhielten jeweils eine Haftstrafe von zwei Jahren auf Bewährung. Das bedeutet, dass sie nicht sofort ins Gefängnis mussten, sondern zwei Jahre Zeit bekamen, um zu zeigen, dass sie nun brave Bürger sind und sich an die Gesetze halten. Sie dürfen sich also „bewähren". Nur wenn sie in dieser Zeit das in sie gesetzte Vertrauen enttäuschen, müssen sie ins Gefängnis. Natürlich wurde auch das mit den Drogen verdiente Geld eingezogen, und die Täter mussten einen hohen Euro-Betrag an die Suchthilfe der Caritas zahlen.

Das Dörfchen Brehl und das dazugehörige Flüsschen würdet ihr dagegen vergeblich googeln. Beides entspringt allein meiner Fantasie. Obwohl ein anderes Tal in der Eifel längs der Ahr unserem Schauplatz der „Detektei Anton" sehr ähnlich sieht. Wenn Ihr das Ahrtal auf einer guten Karte anschauen oder sogar einen Ausflug dahin machen würdet, könntet Ihr wahrscheinlich ein paar Gemeinsamkeiten feststellen. Leider leben Rahels und Silas' Familie und alle ihre Nachbarn und Freunde nicht wirklich dort, auch wenn der Nachname Schmickler in der Eifel sehr häufig zu finden ist. Aber wer weiß? Vielleicht könnte Euch „Onkel Anton" zufällig über den Weg laufen …

Eins steht jedenfalls fest: Kein Tal der Welt ist klein genug, als dass Drogen nicht den Weg hineinfinden könnten. Sie gibt es garantiert überall. Und dann heißt es: Finger weg! Denn sie sind immer und in jeder Form höchst gefährlich und ungesund.

Der Zeitungsartikel endete damals mit den Worten:

„Aus dem großen Geld dank Drogen ist also nichts geworden. Aber wer weiß, vielleicht reicht die Geschichte wenigstens noch für eine TV-Serie."

Ich weiß zwar nicht, ob jemand auf die Idee kommt, meine Bananengeschichte zu verfilmen, aber für ein Buch hat es jedenfalls gereicht, und ich hoffe, es hat euch gefallen.

Eure Petra Schwarzkopf

Und so geht das Abenteuer weiter:

Detektei Anton –
Die Dame aus Burundi
Band 2
Gb., 192 S., 13,5 x 20,5 cm
Best.-Nr. 271764
ISBN 978-3-86353-764-7

Die Detektei erhält ihren ersten offiziellen Auftrag von Rechtsanwalt Paul Schmickler. Doch die mühsame Recherche verläuft im Sande. Der gesuchte Unfallwagen scheint wie vom Erdboden verschluckt zu sein. Immerhin bekommt das Matthias-Claudius-Gymnasium einen äußerst fitten Sportlehrer und Rahel mit Estelle Couderc eine interessante neue Klassenkameradin. Aber wer ist wirklich, was er vorgibt zu sein? Die Detektive bleiben misstrauisch. Was will „die Dame aus Burundi" in Burgenach, und wer bedroht sie? Erst in letzter Sekunde finden Ronny, Silas und Onkel Anton das entscheidende Puzzleteil …

LESEPROBE:

ERSTES KAPITEL: UNFALLFLUCHT

„I... ich w... war ziemlich ruhig gestern nach der Niederlage, haste gehört?"

Mit diesen Worten betrat Onkel Anton als Letzter Rahels Zimmer. Da Ronny und Silas kurz vor ihm gekommen waren, war die Detektei vollzählig anwesend. Rahel saß im Schneidersitz in Omas altem Schaukelstuhl, den sie sich aus dem Wohnzimmer ausgeliehen hatte. Die Jungs quetschten sich auf ein kleines blaues Sofa, und Anton steuerte auf den Schreibtischstuhl zu.

Obwohl es so klang, als spräche er mit allen Anwesenden, blickte Onkel Anton stur auf Rahels Gesicht. Doch die erwartete Antwort oder sonst eine Bestätigung, dass sie zugehört hatte, kam nicht. Silas' Schwester starrte auf die Samstagsausgabe der Rheinzeitung, die sie aufgeschlagen auf dem Schoß hielt.

„Das gibt es doch nicht!", stöhnte das Mädchen. „Sehen wir bescheuert aus. Hatten die kein besseres Bild bei den tausend, die der Pressefotograf gemacht hat?!"

„Oh, hat Sherlock Holmes etwa Modelaufnahmen erwartet?", stichelte Ronny.

Er meinte es nicht wirklich böse, und Rahel mochte den Spitznamen, den Silas' Freund ihr verpasst hatte. Daher reagierte sie nicht, sondern zog es ausnahmsweise vor zu schweigen.

„W… wi… wieso? Ich seh doch gut aus!", sagte Anton grinsend und tippte auf das Foto, das die drei Kinder und ihn zeigte.

Sogar Caruso, sein schwarzer Riesenschnauzer, war halb zu sehen. Ronny verschluckte sich an seinem Sprudel. Er musste erst husten, bevor er lachen konnte, doch Rahel zeigte immer noch keine Reaktion.

„Boah, ist das peinlich! ‚Detektei Anton stellt Drogendealer!' Untertitel: ‚Bananen, Koks und gescheiterte Ganoven. Spektakulärer Fall für die Jungdetektive … Quirlig und schlau wie Max und Moritz beim Fang von Witwe Boltes Hühnchen'", las sie stattdessen vor. „Sag mal, spinnt die? Wer kennt denn heute noch Max und Moritz?! Wir können uns doch nie wieder in der Schule blicken lassen!"

Sie ließ die Zeitung sinken.

„G… ganz ruhig war ich nach der Niederlage", murmelte Onkel Anton und blieb weiter neben Rahel stehen.

„Das wird sich wohl nicht vermeiden lassen", meinte Silas.

Auch er ignorierte diesmal das Selbstgespräch seines Onkels. Anton tippte beharrlich auf das Foto auf dem Schoß seiner Nichte. Er war entschlossen, sich die Aufmerksamkeit zu verschaffen, die ihm seiner Meinung nach zustand, wenn er die haushohe Niederlage seines Fußballvereins so tapfer ertrug.

„G… ganz ruhig war ich. U… und ich seh gut aus. Rahel nich", wiederholte er.

Ronny prustete erneut los, und Rahel feuerte die Zeitung auf den Boden. Ihr Onkel hob sie langsam auf und setzte sich endlich auf den Schreibtischstuhl. Behutsam strich er das Lokalblatt glatt.

„Anton meint das nicht böse. Er fasst nur zusammen, was er verstanden hat", fauchte Rahel in Ronnys Richtung. Der große Junge grinste breit und ließ seine Brackets blitzen.

„Na und, ist trotzdem lustig", meinte er.

„Äh, um auf die Schule zurückzukommen", warf Silas schnell ein. „Der Schulbesuch wird sich bis auf Weiteres nicht vermeiden lassen", wiederholte er.

„W… wie eine Ni… Niederlage. Ei… eine Niederlage lässt sich auch nich immer vermeiden. Is halt so", versuchte Anton noch einmal auf seinen Lieblingsclub Dortmund zurückzukommen.

„Ja, sicher! Eins zu fünf gegen Bayern im eigenen Stadion, lässt sich kaum vermeiden", sagte Rahel und ging endlich auf Anton ein. „Jedenfalls nicht, wenn man so schlecht spielt wie wir am letzten Spieltag. Das war vielleicht eine Pleite! Aber der BVB startet nach dem Sommer in die neue Saison, und nichts ist so schnell vergessen wie das letzte Spiel. Das da vergessen die hier garantiert nicht."

Sie zeigte auf die Zeitung, die jetzt gefaltet auf Antons Schoß lag.

„Nein. Hier auf dem Dorf hängt man so was ans Schwarze Brett!", erklärte Ronny todernst.

„Echt?" Silas guckte entsetzt.

„Nein, natürlich nicht!", stellte sein Freund klar. Er schüttelte den Kopf und zog seine kräftigen, dunklen Augenbrauen zusammen. „Jetzt nehmt euch mal nicht so wichtig! Ist doch alles halb so schlimm. Von der Belohnung, die der neue Rheka-Laden-Chef gezahlt hat, können wir uns alle ein neues, besseres Handy kaufen. Ist doch alles super!"

„Ein neues Handy? Ist das dein Ernst? Andere Sorgen hast du nicht?", fragte Rahel.

„Jedenfalls geht es mir nicht um mein Aussehen", antwortete Ronny.

Rahel maß ihn mit einem kritischen Blick von oben bis unten. Ihre Augen streiften die langen, zum Pferdeschwanz gebundenen Haare, das zerknitterte T-Shirt, die alte, fleckige Jeans …

„Da hast du wohl ausnahmsweise recht", gab sie zu.

Silas seufzte. Es war wirklich nicht einfach, für Frieden zwischen Rahel und Ronny zu sorgen. Sie waren ungefähr genauso gut aufeinander zu sprechen wie Caruso auf Katzen. Nur bei Onkel Antons Riesenschnauzer gab es einen handfesten Grund für die aktuelle Abneigung: Vor ein paar Jahren hatte ein hinterhältiger Stubentiger dem noch unerfahrenen und zutraulichen Welpen erst seine Pfote auf den Kopf geschlagen und dann genüsslich die Krallen durchs Gesicht gezogen. Das konnten sich Ronny und Rahel jedenfalls nicht gegenseitig vorwerfen. Noch nicht. Silas beschloss, das als Pluspunkt zu verbuchen.

Von unten aus dem Wohnzimmer klangen Akkorde und zwei Frauenstimmen in die gespannte Stille. Mamas Freundin, Gabrielle de Monnet, war zum Proben gekommen. Sie war nicht nur eine gute Klavierspielerin und studierte jedes Jahr mit den Burgenacher Kindern ein gut besuchtes Adventsmusical ein, sondern hatte auch einen warmen, tiefen Alt, der wunderbar zu Mamas Sopran passte. Aber im Hauptberuf war sie nicht Sängerin wie Rahels Mutter, sondern Sekretärin der SEGE, der Selbständigen Evangelischen Gemeinde Eifel, die die Familie Schmickler besuchte.

„Maria! Maria! Da waren Engelworte: „Gott schenkt dir einen Sohn, kein Ende nimmt sein Reich, er sitzt auf Davids Thron!" Da waren deine Worte: „Ich bin die Magd des Herrn, was immer du verlangst, gehorchen will ich gern!", klang es von unten.

Die Sängerinnen artikulierten so gut, dass man jedes Wort verstehen konnte. Doch die besinnlichen Worte und die schöne Melodie schienen Rahel auch nicht zu beruhigen.

„Ach nee, alles super! Weihnachtslieder Ende Mai. Das ist jetzt nicht Mamas Ernst, oder?“

Das Mädchen begann, heftig auf Omas altem Stuhl hin und her zu schaukeln.

„Du weißt doch, dass man nie früh genug anfangen kann, wenn man ein schönes Programm auf die Beine stellen will“, erklärte Silas geduldig. „Und irgendwann müssen die Kinder ja auch noch alles einstudieren.“

„Wartet mal!“, bat Ronny und lauschte der zweiten Strophe.

Die Stimmen der Sängerinnen harmonierten gut, und die Melodie war recht einfach.

„Maria! Maria! Da waren Frauenworte: ‚Glückselig, die geglaubt! Mein Kind, es hüpft vor Freude, weil du auf Gott vertraut.‘ Da waren Hirtenworte: ‚Kommt mit nach Bethlehem, um den, den Gott verkündet, den Retter selbst zu sehn!‘“

Rahel rollte mit den Augen.

„Klingt doch ganz schön“, fand Ronny, als die Stimmen abbrachen und die Frauen irgendetwas zu diskutieren schienen. „Aber wer ist Maria?“

„Du weißt nicht, wer Maria war!“, stellte Rahel fest und stoppte den Schaukelstuhl. „Maria war die Mutter Gottes.“

„Das stimmt nicht ganz, sie war die Mutter des Menschen Jesus Christus. Gott hat keine Mutter“, korrigierte Silas automatisch.

Rahel seufzte.

„Ja, aber Jesus hat ja von sich behauptet, Gott zu sein. Da ist es doch egal, ob ich Mutter Gottes oder Mutter Jesu sage.“

Silas zögerte. Er wusste, dass das ganz und gar nicht egal war, aber war eine solche Diskussion wirklich das Erste, was Ronny hören sollte, wenn das Gespräch auf Gott kam? Der Junge stöhnte nur innerlich und lächelte Rahel an. Er musste nicht recht behalten.

„Ach, **die** Maria", meinte Ronny. „Stell dir vor, die kenne sogar ich."

Gerade als unten im Wohnzimmer erneut Musik erklang, hörte man von draußen einen lauten Knall. Ein Auto hupte, Reifen quietschten, Blech schepperte. Dann ertönte noch einmal die Hupe im Dauerton. Die Detektive schauten sich nur kurz an.

„Ein Unfall!", stellte Silas fest.

Augenblicklich sprangen alle vier auf, liefen auf den Flur und die Treppe hinunter. Mama und Gabrielle hatten wohl auch etwas gehört, denn die Haustür stand schon offen. Caruso war laut bellend hinausgelaufen; er hatte Opa im Schlepptau, und von gegenüber kam sogar Papa aus seiner Kanzlei. Auf dem Platz vor den beiden Häusern der Familie trafen alle zusammen und starrten gemeinsam auf die Straße vor der Einfahrt zum alten Schmicklerhof. Das Hupen hatte endlich aufgehört, und ein dicker Mann war aus seinem grasgrünen Oldtimer-Mercedes gestiegen. Er reckte wütend eine Faust in den Himmel und schimpfte:

„Du Mistkerl, dreckiger! Komm sofort zurück! Guck dir den Driss an, den du hier angerichtet hast. Feigling, elender!!!"

Dann hörte der Mann auf zu brüllen und guckte kurz auf die hässliche Beule im linken Kotflügel und die aufgeschobene Motorhaube. Unerwartet flink setzte er sich wieder ans Steuer, um den Wagen von der Straße zu kriegen und wie geplant auf Schmicklers Hof zu lenken. Er hielt vor der versammelten Familie und grüßte herablassend, als hätte er sie als sein persönliches Empfangskomitee genau hierherbestellt. Dann hievte sich der dicke Mann erneut aus dem zerknautschten Fahrzeug.

„Mein schöner Wagen! Aber den Kerl kriege ich, Pit!"

Wie die meisten im Dorf nannte er Opa Peter Pit. Als er, um seinen Worten Nachdruck zu verleihen, die Fahrertür zuschlug, fiel die vordere linke Radkappe herab, und der linke Blinker sprang an. Der Dicke verzog das Gesicht, als hätte er sich beim Zuschlagen der Tür aus Versehen gleich mehrere seiner kurzen Wurstfinger eingeklemmt. Doch das war nicht der Fall, denn er wandte sich vom Wagen ab und ging auf Familie Schmickler zu.

„Wofür haben wir jetzt schließlich einen Rechtsanwalt in Brehl!"

Mit diesen Worten streckte er seine teigige Hand Paul Schmickler, dem Vater von Rahel und Silas, entgegen. Papa ergriff sie ohne Zögern.

„Langenhagen, Herr Schmickler", sagte der Mann und schüttelte Papa die Hand. „Alteingesessener Bauernadel."

Er lachte dröhnend.

„Bauer Langenhagen, natürlich. Ich kenne Sie doch! Ich bin doch hier aufgewachsen, und so jemanden wie Sie vergisst man nicht so leicht", meinte Papa diplomatisch.

Doch der Bauer sprach jetzt Opa an.

„Was glaubst du, Pit? Schnappt dein Junge diesen Verbrecher, der mein Schätzchen verbeult hat? Hat mir einfach die Vorfahrt genommen. Ich wollte links zu euch auf den Hof und der überholt plötzlich. Ein Wunder, dass nicht mehr passiert ist."

Papa räusperte sich. Er wusste nur zu gut, dass Bauer Langenhagen einer der reichsten Bürger des Kreises war. Seit sein Ackerland Bauland geworden war, hatte er durch geschickte Vermarktung von Grund und Boden ein Vermögen gemacht. Nun widmete er sich fast nur noch der Verwaltung seiner Immobilien. Trotzdem konnte man mit Geld nicht alles kaufen. Ihn jedenfalls nicht.

„Äh, Herr Langenhagen, ich bin Rechtsanwalt und kein Polizist. Für so etwas ist die Polizei zuständig. Die sollten wir rufen! Je eher, desto besser."

„Ach, papperlapapp. Polizei ist doch hier, nicht wahr, Pit?“

Wieder lachte er dröhnend. „Trotzdem will ich, dass Sie, Herr Schmickler, den Fall übernehmen.“

Papa seufzte.

„Ich bin weder Strafrechtler noch Privatdetektiv. Das läuft im echten Leben nicht so wie im Fernsehen, Herr Langenhagen. Die Ermittlungsarbeit leistet die Polizei. Die Beamten werden die Beule vermessen, Lacksplitter sicherstellen und nach dem Kennzeichen fahnden. Haben Sie sich das Kennzeichen denn gemerkt?“

„Nein, leider nicht ganz, ich war zu erschrocken. Aber der Bursche war von hier. ATB – Kreis Altenbrehl-Brehlweiler. Und das Auto war metallic-blau, ein Lieferwagen. Ein Ford Transit. Er dürfte jetzt vorne rechts eine Beule haben.“

„Nun, unser Landkreis ist groß, Kurt, das weißt du genauso gut wie ich“, mischte sich Opa ein. „Und so viele Streifenwagen haben wir nun auch wieder nicht.“

Der linke Blinker war immer noch an und blinkte nutzlos vor sich hin.

„Und es gibt tatsächlich nichts, was Sie sonst für mich tun können, Herr Rechtsanwalt?“

Der Bauer sah Papa mit seinen kleinen Augen scharf an.

„Ich würde auch gut bezahlen. Dieser grasgrüne Straßenflitzer ist das erste Auto, das sich mein Vater damals erlaubt hat. Ich hänge sehr an ihm, und es ist schwer, Ersatzteile zu bekommen.“

Flitzer?!, dachte Ronny kritisch, *wahrscheinlich braucht der Oldtimer fünf Minuten, um von Null auf Hundert zu kommen! Falls er die Hundert überhaupt erreicht.*

Papa hob die Augenbrauen und legte den Kopf schräg. Er schaute kurz zu Rahel und Silas. Seine Augen glitzerten, und seine Mundwinkel hoben sich unmerklich. Doch seine

Tochter sah es genau. So guckte Papa, wenn er eine gute Idee hatte.

„Doch, natürlich. Wir können alle die Augen offenhalten und wenn wir einen Wagen sehen, auf den die Beschreibung passt, der nächsten Polizeiwache Bescheid geben. Sie könnten eine bestimmte Summe ausloben für den, dessen sachdienlicher Hinweis zur Ergreifung des Flüchtigen führt."

„Hä?", flüsterte Ronny Silas zu. „Ausloben?!"

„Papa meint, eine Belohnung aussetzen, so eine Art Kopfgeldprämie!", flüsterte Silas zurück. Er war Papas seltsame Begriffe gewohnt.

„Ah!", machte Ronny. Kopfgeldjäger kannte er aus einer Science-Fiction-Serie.

„Ist das alles?", fragte Herr Langenhagen enttäuscht. „Ich dachte, Fahrerflucht ist verboten. Da muss ein Rechtsanwalt doch etwas mehr tun."

„Selbstverständlich ist das unerlaubte Entfernen vom Unfallort, wie es korrekt heißt, eine Straftat. Für die Aufklärung der Straftaten sind aber die Ermittlungsbehörden zuständig, wie ich bereits sagte. Das heißt in unserem Fall, die Polizei. Und die leistet wirklich gute Arbeit, auch wenn es leider jedes Jahr viele Straßenverkehrsdelikte gibt, die unaufgeklärt bleiben", erklärte Papa geduldig zum zweiten Mal.

Er sah weiter zu Rahel, als wollte er ihr Einverständnis einholen. Sie ahnte, worauf er hinauswollte, und ein Lächeln erschien auf ihrem Gesicht. Sie nickte Papa zu.

„Sollte der Täter von der Polizei gefasst werden, stehe ich Ihnen selbstverständlich zur Verfügung, wenn Sie zivilrechtlich gegen ihn vorgehen wollen oder Hilfe bei den versicherungsrechtlichen Fragen brauchen. Und meine Assistenten hier ...", er zeigte auf Rahel, Silas, Ronny und Anton, „können sich gleich mit ihren Fahrrädern auf den Weg machen und die umliegenden Dörfer absuchen. Wir haben auf jeden

Fall eine größere Chance, je mehr Augen nach dem Fahrzeug suchen."

Bauer Langenhagen strahlte. Er griff nach Papas Hand und zerquetschte sie fast.

„Hervorragende Idee. Dann sind wir im Geschäft. 1000 Euro …" Er stockte und verbesserte sich schnell: „… oder sagen wir 500 Euro für den, der diesen miesen Kerl findet."

Der Bauer ließ endlich Papas Hand los, wandte sich wieder Opa zu und klopfte ihm auf die Schulter.

„Komm, Pit, gehen wir rein und besprechen das, wozu ich eigentlich gekommen bin. Wir können auch drinnen auf deine Kollegen warten."

Opa drehte sich wortlos um und ging vor.

„Da hätten wir unseren zweiten Fall. Danke, Papa!", sagte Rahel zufrieden, als die beiden Männer im Haus verschwunden waren.

Auch Mama und ihre Freundin probten schon weiter.

„Na ja, es klingt nicht so besonders spannend", meinte Silas.

Der Gedanke an die Fahrradkilometer, die womöglich vor ihm lagen, schlug ihm auf den Magen, obwohl er sich doch vorgenommen hatte, mehr Sport zu machen. Sein Freund berechnete bereits im Kopf, wie viel Euro ihm noch zu einem eigenen Notebook fehlten, sobald sie den Unfallwagen ausfindig gemacht hatten.

„Egal, muss nicht spannend sein. Hauptsache, es ist weniger gefährlich, als sich mit Drogenhändlern anzulegen", sagte Ronny dann zufrieden.

Er konnte nicht ahnen, wie sehr er sich zumindest in diesem letzten Punkt verrechnet hatte.

Detektei Anton –
Bombenstimmung
Band 3
Gb., 208 S., 13,5 x 20,5 cm
Best.-Nr. 271766
ISBN 978-3-86353-766-1

Onkel Anton stolpert im Familienwald über alte Munition aus dem Zweiten Weltkrieg. Außerdem gibt ein seltsamer Brief der Detektei Rätsel auf ...

Detektei Anton –
Der Fall Werner
Band 4
Gb., 192 S., 13,5 x 20,5 cm
Best.-Nr. 271796
ISBN 978-3-86353-796-8

Die Detektei beschäftigt sich mit dem Geheimnis, das Pastor Werner Schrober verbirgt. Was hat Werner mit dem organisierten Verbrechen zu tun?

Detektei Anton – Achtung, Gift!
Band 5
Pb., 208 S., 13,5 x 20,5 cm
Best.-Nr. 271887
ISBN 978-3-86353-887-3

In Brehl sterben plötzlich Vögel und Katzen. Jemand hat Giftköder ausgelegt. Auch Caruso, Onkel Antons geliebter Riesenschnauzer, scheint davon gefressen zu haben. Doch wer hat es auf die Tiere abgesehen – und warum?

Detektei Anton – Explosionsgefahr
Band 6
Pb., 208 S., 13,5 x 20,5 cm
Best.-Nr. 271888
ISBN 978-3-86353-888-0

Mitten in der Nacht wird Ronny Zeuge einer Geldautomatensprengung in Brehl. Obwohl ihn das Fluchtauto fast überfährt, kann er das Kennzeichen nicht erkennen. Auch Onkel Anton gerät während der Arbeit in Gefahr ...